共和国故事

义正词严

新中国代表首次在安理会上发言

曾 勋 编写

吉林出版集团有限责任公司

图书在版编目（CIP）数据

义正词严：新中国代表首次在安理会上发言/曾勋编.

—长春：吉林出版集团有限责任公司，2010.3

（共和国故事）

ISBN 978-7-5463-2656-6

Ⅰ．①义… Ⅱ．①曾… Ⅲ．①纪实文学 – 中国 – 当代 Ⅳ．①I25

中国版本图书馆 CIP 数据核字（2010）第 045875 号

义正词严——新中国代表首次在安理会上发言

编写　曾勋

责编　祖航

出版发行　吉林出版集团有限责任公司

印刷　北京楠海印刷厂

版次　2011年3月第1版　　　　　2016年3月第8次印刷

开本　710mm×1000mm　1/16　　印张　8　字数　69 千

书号　ISBN 978-7-5463-2656-6　　定价　29.80 元

社址　长春市人民大街4646 号　　邮编　130021

电话　0431 – 85618720　　　　　传真　0431 – 85618721

电子邮箱　sxwh00110@163.com

前 言

  自 1949 年 10 月 1 日中华人民共和国成立至今,新中国已走过了 60 年的风雨历程。历史是一面镜子,我们可以从多视角、多侧面对其进行解读。然而有一点是可以肯定的,那就是,半个多世纪以来,在中国共产党的领导下,中国的政治、经济、军事、外交、文化、教育、科技、社会、民生等领域,都发生了深刻的变化,中国人民站起来了,中华民族已屹立于世界民族之林。

  60 年是短暂的,但这 60 年带给中国的却是极不平凡的。60 年的神州大地经历了沧桑巨变。从开国大典到 60 年国庆盛典,从经济战线上的三大战役到经济总量居世界第三位,从对农业、手工业、资本主义工商业的三大改造到社会主义市场经济体制的基本确立,从宜将剩勇追穷寇到建立了强大的国防军,从废除一切不平等条约到独立自主的和平外交政策,从"双百"方针到体制改革后的文化事业欣欣向荣,从扫除文盲到实施科教兴国战略建设新型国家,从翻身解放到实现小康社会,凡此种种,中国人民在每个领域无不留下发展的足迹,写就不朽的诗篇。

  60 年的时间在历史的长河中可谓沧海一粟。其间究竟发生了些什么,怎样发生的,过程怎样,结果如何,却非人人都清楚知道的。对此,亲身经历者或可鲜活如昨,但对后来者来说却可能只是一个概念,对某段历史的记忆影像或不存在或是模糊的。基于此,为了让年轻人,特别是青少年永远铭记共和国这段不朽的历史,我们推出了这套《共和国故事》。

《共和国故事》虽为故事,但却与戏说无关,我们不过是想借助通俗、富于感染力的文字记录这段历史。这套500册的丛书汇集了在共和国历史上具有深刻影响的500个重大历史事件。在丛书的谋篇布局上,我们尽量选取各个时代具有代表性的或深具普遍意义的若干事件加以叙述,使其能反映共和国发展的全景和脉络。为了使题目的设置不至于因大而空,我们着眼于每一重大历史事件的缘起、过程、结局、时间、地点、人物等,抓住点滴和些许小事,力求通透。

历史是复杂的,事态的发展因素也是多方面的。由于叙述者的视角、文化构成不同,对事件的认知或有不足,但这不会影响我们对整个历史事件的判断和思考,至于它能否清晰地表达出我们编辑这套书的本意,那只能交给读者去评判了。

这套丛书可谓是一部书写红色记忆的读物,它对于了解共和国的历史、中国共产党的英明领导和中国人民的伟大实践都是不可或缺的。同时,这套丛书又是一套普及性读物,既针对重点阅读人群,也适宜在全民中推广。相信它必将在我国开展的全民阅读活动中发挥大的作用,成为装备中小学图书馆、农家书屋、社区书屋、机关及企事业单位职工图书室、连队图书室等的重点选择对象。

编　者

2010 年 1 月

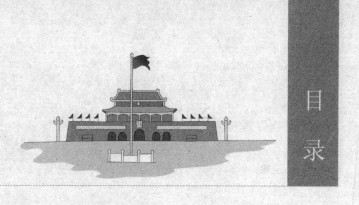

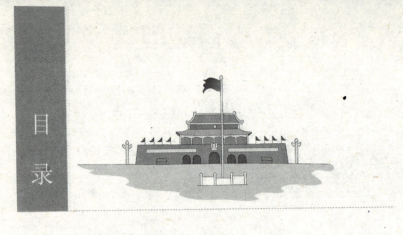

目 录

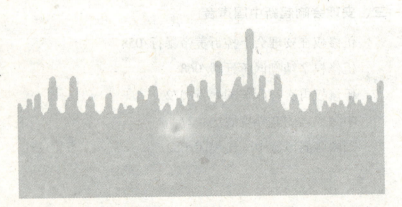

一、 中国严正控诉美国暴行

- 周恩来警告美国："若美军跨过三八线，侵略朝鲜，我们不会坐视不顾。"

- 周恩来致电赖伊："……国民党反动政府已丧失了代表中国人民的任何法律的与事实的根据。"

- 伍修权说："总理，您放心，我一定会完成您交给我的任务的。"

毛泽东说：别了，司徒雷登

1950 年 11 月 16 日下午，燕京大学保卫世界和平反对美国侵略委员会工会分会举办教员座谈会，大家交换对于美国的认识意见。

参加这次座谈会的有教授、讲师、助教 60 多人，会议气氛非常活跃。

在会上，大家踊跃发言，都根据亲身的体会，对美国的政治、经济、社会、文化等作了深入的分析，尤其着重讨论了美国对华的文化侵略问题。

美国对中国的文化侵略问题，在燕大是个比较模糊的问题，一直没有很好地解决。

在座谈会上，一位名叫聂崇歧的教授说，既然美国人来中国传教、办学校是出于好意，为什么还要强迫中国人把这些写在不平等条约上呢？而且中国人也很难断定哪一个来中国的传教士或"教育家"跟美国国务院不勾勾搭搭。

接着，座谈的中心很快转到司徒雷登身上，大家认为只要把司徒雷登的真面目弄清楚，就可以很大程度地帮助我们认识美国对中国文化侵略的本质。

在这次座谈会上，大家经过讨论认为，司徒雷登表面上道貌岸然，看起来虽不像歪戴帽子，屁股上插只手枪那种特务匪徒，实质上他不但是美国文化侵略的先锋，而且还是美国对华政治、经济侵略的参加者。

座谈会提到的司徒雷登不是别人，正是国民党统治时期曾任燕京大学的校长和美国驻华大使。

司徒雷登于 1876 年生于中国杭州，他的父母都是早期到中国的美南长老会传教士，从血统上说，他是一位纯粹的美国人。

抗战期间，司徒雷登十分敬仰毛泽东。从一些参观延安归来的美国人口中，他了解并赞赏共产党的民主、廉洁和勤奋。

1949 年 4 月 25 日，中共中央对南京解放后将面临的诸多涉外问题给予明确指示：

> 对驻在南京的原各国大使馆、公使馆，军管会及市政府要以双方没有外交关系为理由，不承认他们的外交地位，不和他们发生正式的外交往来。对他们的馆舍和人员安全，要给予保护，不得侮辱。

考虑到外交的敏感性，中央军委随即指示，南京现为各国大使馆、公使馆所在地区，一切有关外侨事情的处理必须事先请示，不得擅自行动，严防敌特和外国间谍的挑拨。

当时，黄华被派到南京市任军管会外事处主任。黄华原名王汝梅，"一二·九"学生运动的主要领导人，国共和谈时，他任北平军调部的中国共产党代表。

1949 年 5 月 5 日下午，司徒雷登的私人秘书傅泾波接到黄华的一个电话。傅泾波问道："我什么时候去看你啊？"

"明天上午吧！"黄华回答。

5 月 6 日 8 时 30 分，傅泾波去南京市军管会拜访黄华。黄华指责美国支持国民党敌视共产党。临走时，傅泾波试探性地问：

"你来了，也应该去看看你的校长。"

"好啊！"但立即补充说，"我也只能称呼他校长。"司徒雷登从 1919 年到 1946 年间出任燕京大学的校长，黄华正是他的学生。

"那你什么时候去看他？"傅泾波问。

"你跟他说好之后，我随时都可以去。"黄华回答。

是否与司徒雷登见面，黄华致电北平请示。毛泽东回电表示：

> 黄华可以与司徒雷登见面，以侦察美国政府之意向为目的。

毛泽东还指示，在与司徒雷登谈话时，"如果司徒雷登态度是友善的，黄华亦应取适当的友善态度，但不要表示过分热情，应取庄重而和气的态度。"

遵照毛泽东的指示，黄华在几天后以拜访他的老校长为名与司徒雷登秘密接触，进行了"友善而非正式"的谈话。在这次会谈中，司徒雷登表示：一旦中国新政府成立，美国即会考虑承认问题。

6月初，黄华与司徒雷登在军管会外事处办公室正式谈判，核心是美国和新中国建交问题。与此同时，司徒雷登接到一份由北平转来的重要情报，称中共高层领导在对苏对美方针上产生了"严重的意见分歧"。

司徒雷登认为"这是极有希望的努力路线"，他向黄华表示自己愿意北上借访问燕京大学之际，同周恩来等高层领导会谈。

中共中央得知这一消息后，立即安排燕大校长陆志韦写信致司徒雷登，邀请他北上访问燕大，在那里过70寿辰。

但是，司徒雷登坚持先请示国务卿艾奇逊后再北行。司徒雷登在与黄华接触的同时，还请民主派人士向中共领导人转达美国政府对中国问题的看法，如果新中国采取中间态度，不完全亲苏，美国可以一次给新政府50亿美元，接近印度15年所获得的贷款。

万事俱备，只欠美国政府的指示。但美国政府7月2日来电，指示司徒雷登7月25日之前必须赶回华盛顿，且不要赴北京，以免引起国际议论。7月20日，美国政府又指示司徒雷登离开中国之前去一趟广州。

司徒雷登没有履行这个指令，反而再次申请去北京。

黄华次日又转达了中共中央领导人希望他北上的信息。但司徒雷登又在 25 日收到美国政府电报，指示他务必于 8 月 2 日之前离开中国。

8 月 2 日早晨，司徒雷登登机向中方人员挥手道别，带着遗憾的心情飞离南京。在飞机上，司徒雷登看到美国国务院发表的白皮书，而在大洋彼岸的这一侧，毛泽东主席则发表了那篇著名的文章《别了，司徒雷登》。

司徒雷登离开中国的第 3 天，美国国务院随即发表关于中美关系的白皮书和国务卿艾奇逊给总统杜鲁门的信，把失败的责任推给腐败无能的国民党，并对中国共产党进行诬蔑。

白皮书指出：

国民政府至抗战末期已完全腐化，故美国于二次大战期间所给予的 20 亿美元以上的援助，由于国府领袖们的无能与部队的叛降，大部分已落入中共手中。国民党的失败并非由于美援不足，而是因为它的领袖们无能应付危机，部队缺乏战斗意志，政府也失去人民的支持。唯有美国倾全力替国府打败共产党，才能挽救其覆亡的命运，但如此会遭致中国人民的怨恨，美国人民亦不会赞成。

艾奇逊在致杜鲁门的信中说：

中国的人口在 18、19 世纪中增加了一倍，因此对于中国成为一种不堪重负的压力。每一个中国政府必须面临的第一个问题，是解决人民的吃饭问题。到现在为止，没有一个政府成功。国民党曾企图用制定许多土地改革法令的方式解决这个问题，这些法律中有的失败了，另外的则遭忽视。国民政府今日所面临之难境，大部分正是因为它不能以充分的粮食供给中国。中共宣传的大部分，就是由他们将解决土地问题的诺言所组织成。

白皮书和艾奇逊的信一公开，立即在中美关系史上掀起轩然大波。无论是国民党还是共产党，甚至包括美国政府内部在对华政策问题上意见相左的人，都对白皮书的发表作出强烈反应。

白皮书里对中国共产党的指责完全是歪曲事实的，特别是司徒雷登有关中共方面的片面报告更伤害了中国人民的感情。

8 月 12 日，即在白皮书发表的一周后，新华社以《无可奈何的供状——评美国关于中国问题的白皮书》为题，发表了第一篇评论文章。

紧接着，在从 8 月 14 日到 9 月 16 日一个月的时间里，中共中央主席毛泽东又亲笔撰写了 5 篇评论文章，以新华社社论的形式陆续公开发表，对白皮书进行了透彻的分析与批判。

《别了，司徒雷登》就是其中之一。毛泽东在文中指出：

> 人民解放军横渡长江，南京的美国殖民政府如鸟兽散。司徒雷登大使老爷却坐着不动，睁起眼睛看着，希望开设新店，捞一把。司徒雷登看见了什么呢？除了看见人民解放军一队一队地走过，工人、农民、学生一群一群地起来之外，他还看见了一种现象，就是中国的自由主义者或民主个人主义者也大群地和工农兵学生等人一道喊口号，讲革命。总之是没有人去理他，使得他"茕茕孑立，形影相吊"，没有什么事做了，只好挟起皮包走路。
>
> 中国还有一部分知识分子和其他人等存有糊涂思想，对美国存有幻想，因此应当对他们进行说服、争取、教育和团结的工作，使他们站到人民方面来，不上帝国主义的当。但是整个美帝国主义在中国人民中的威信已经破产了，美国的白皮书，就是一部破产的记录。先进的人们，应当很好地利用白皮书对中国人民进行教育工作。司徒雷登走了，白皮书来了，很好，很好。这两件事都是值得庆祝的。

毛泽东把司徒雷登称为"美国侵略政策彻底失败的象征"，引导那些对美国仍然抱有幻想的人透过现象看本质，去认识美国当权者的险恶用心，激发了解放区广大军民保卫和平的意志和决心。

　　随着司徒雷登最后一次对华外交努力的失败和美国国务院外交白皮书的发表，美国在远东战略上彻底失去了支撑点。

　　随后，杜鲁门公开发表讲话，将美国战略防御线放在了对马海峡和台湾东海岸。这个决定让南朝鲜和台湾成为了美国控制远东地区的棋子，以用来遏制苏联和中国，其险恶用心，昭然若揭。

周恩来严正警告美国政府

1950 年 11 月 27 日，以伍修权为首的中国代表团在联合国安理会主席马立克的邀请下，出席联合国政治委员会的会议，参加苏联控诉美国侵略中国一案的讨论。

这天会场特别拥挤，气氛远比平日热烈。美国各界得知中国代表团将出席当天的会议，许多人都千方百计地弄到大会的旁听证，特别是华侨和华裔人士。其中有著名的教授、学者，还有在美的国民党官方人士，都到会场旁听。

有一个名叫吴仲华的物理学家，会议厅刚一开门他就到场占据了旁听席最前排中央的位置，为的就是想听听祖国同胞的声音。

这是中华人民共和国代表第一次出席联合国大会。代表团跨过联合国门槛这一小步，却是中国向前迈进的一大步。这一大步迈得果断而干脆，这一步迈得艰辛而漫长。

这一切还要从朝鲜战争讲起。

1950 年 1 月以来，在苏联和美国相继撤出在朝鲜和南朝鲜的驻军后，朝鲜政府与苏联领导人密切协商，并使斯大林"同意朝鲜领导人对局势的分析和准备以军事方式实现国家统一的设想"。

6月25日，南北朝鲜军队在三八线一带发生激烈战斗，朝鲜战争爆发。

当时，南朝鲜军三分之二的军队尚未进入战备状态，根本没有招架之力，3天之后，汉城失守。

1950年6月25日19时，美国总统杜鲁门紧急召集美国国务卿艾奇逊、国防部长约翰逊、陆军部长佩斯、空军部长芬勒特，以及海军部长马修斯等人匆匆来到白宫的布莱尔厅，参加杜鲁门总统召开的紧急会议，商讨对策。

经过几个小时的磋商，杜鲁门作出美国出兵朝鲜的决定，并随即发布命令，调遣驻扎在远东的美国海空军开赴朝鲜，向南朝鲜军队提供"掩护和支持"。

中国在朝鲜战争爆发之前，将第四野战军的朝鲜族部队以师为单位按金日成的要求转交给朝鲜。

1950年5月底，金日成派密使至北京，毛泽东表示对美国参战的担心，并在战争爆发后，仁川登陆前，多次提醒金日成和朝鲜人民军，指出仁川将会是美国登陆的地点。

7月13日，中国成立东北边防军，从河南抽调4个军及炮兵部队，开赴东北，增强边境防御。

8月5日，毛泽东电告东北边防军领导，要求在8月底完成作战准备，在9月上旬能够出动至朝鲜参战。

美国在仁川登陆后，使朝鲜半岛局势逆转。中国政府几乎每天都通过广播警告美国，如果跨过三八线，中国就会出兵。

9月30日，政协国庆大会在北京举行，周恩来在会上发表强硬讲话。

周恩来在大会上作题为《为巩固和发展人民的胜利而奋斗》的报告。他在报告中警告美国：

美国政府在中国人民解放战争中间始终站在中国人民的敌人方面，用一切力量援助国民党反动派进攻中国人民。中华人民共和国成立以后，美国政府对于中国人民的敌视有加无已。不顾苏联、印度和其他国家的正当指摘，美国在联合国及其各个组织中间，顽固不化地阻挠着中华人民共和国代表的参加，并且无耻地庇护着国民党反动派残余集团的所谓"代表"的席位。美国同样在阻挠中国代表参加盟国对日管制委员会，并阴谋抛开中国和苏联缔结对日和约，以便决定重新武装日本和保留美国在日本的驻军和军事基地。美国为了进一步扩大在东方的侵略，故意制造了李承晚傀儡集团对朝鲜民主主义人民共和国的进攻，随即借口朝鲜的形势派遣海军空军侵略我国的台湾省，宣布所谓台湾地位问题应由美国所操纵的联合国解决，同时多次派遣侵略朝鲜的空军侵入中国辽东省上空，实行扫射轰炸，并派遣侵略朝鲜的

海军炮击中国的航海商船。美国政府由于这些疯狂横暴的帝国主义侵略行为，已经证明了它是中华人民共和国最危险的敌人。美国的侵略武力已经侵入中华人民共和国的版图，并且随时有扩大这种侵略的可能。美国侵略台湾和朝鲜的总司令麦克阿瑟早已透露了美国政府的侵略计划，并且正在继续制造扩大侵略的新借口。中国人民坚决反对美国的侵略暴行，并决心从美国侵略者手中解放台湾及其他领土。

周恩来接着说：

中国人民热爱和平，但是为了保卫和平，从不也永不害怕反抗侵略战争。中国人民决不能容忍外国的侵略，也不能听任帝国主义者对自己的邻人肆行侵略而置之不理。谁要是企图把中国近五万万人口排除在联合国之外，谁要是抹煞和破坏这四分之一人类的利益而妄想独断地解决与中国有直接关系的任何东方问题，那么，谁就一定要碰得头破血流。

10 月 3 日凌晨，美国部队大规模进入朝鲜半岛北部前，周恩来召见印度驻华大使潘尼迦，要他转告美国政府：

若美军跨过三八线，侵略朝鲜，我们不会坐视不顾。

1950年10月7日，美军大举越过三八线，向平壤推进。与此同时，中国人民解放军所部东北边防军改编为中国人民志愿军，为进入朝鲜境内作战积极开始临战准备，彭德怀被任命为中国人民志愿军司令员兼政委。

1950年10月19日，中国人民志愿军第四十二军率先从辑安即现在的集安县渡过鸭绿江入朝作战。

周恩来致电赖伊控诉美国暴行

1950 年 6 月 25 日，朝鲜内战爆发。在北京中南海，毛泽东和周恩来等密切地关注着整个朝鲜战场的形势和台湾海峡的局势。

6 月 26 日，美国总统杜鲁门命令其驻在远东的空、海军支援南朝鲜军队作战。

1950 年 6 月 26 日，杜鲁门在布莱尔大厦召集国务院和国防部高级官员商讨朝鲜问题。

美国参谋长联席会议主席布莱德雷首先提出的不是朝鲜问题而是台湾问题。他宣读了麦克阿瑟的《保台意见书》，并且进一步提出，台湾比朝鲜更重要，"在朝鲜的进攻可能是一次佯动，目的是转移我们被共产党急迫进攻台湾的注意力……如果共产党果真要从远东把仗打下去，我们就必须刻不容缓地保卫台湾。"

在这次会议上，艾奇逊放弃了原来的政策，提出派第七舰队进驻台湾的建议。接着，杜鲁门遂于 27 日发表声明，表示：

> 对朝鲜的攻击说明，共产主义现在要使用武装的侵犯与战争……共产党部队对台湾的占领将直接威胁太平洋地区的安全，及在该地区

执行合法与必要职务的美国部队。

6月27日，美国第七舰队的10多艘军舰先后占领台湾的高雄、基隆两个港口。自从国民党集团逃到台湾之后，一直担心人民解放军会随时渡海作战，解放台湾。因此，台湾国民党当局对美国人的行动就像抓到救命稻草一样，非常兴奋。

美国总统杜鲁门在宣布命令第七舰队进入台湾海峡的声明中，提出了一个"台湾地位未定"的说法。他说："台湾未来的地位的决定必须等待太平洋安全的恢复，对日和约的签订或经由联合国考虑。"

1950年6月28日，针对美国的侵略行为，周恩来代表中国政府发表声明，强烈谴责美国第七舰队在中国台湾海峡的行动。周恩来说，美国的这种行为是"对中国领土的武装侵犯，对于联合国宪章的彻底破坏"。

周恩来在声明中指出：

> 美国总统杜鲁门在指使南朝鲜李承晚傀儡政府挑起朝鲜内战之后，于六月二十七日发表声明，宣布美国政府决定以武力阻止我台湾的解放。美国第七舰队并已奉杜鲁门之命向台湾沿海出动。
>
> 我现在代表中华人民共和国中央人民政府声明：杜鲁门二十七日的声明和美国海军的行

动，乃是对于中国领土的武装侵略，对于联合国宪章的彻底破坏。美国政府这种暴力掠夺的行为，并未出乎中国人民的意料，只更增加了中国人民的愤慨，因为中国人民许久以来即不断地揭穿美国帝国主义侵略中国、霸占亚洲的全部阴谋计划，而杜鲁门这次声明不过将其预定计划公开暴露并付之实施而已。事实上，美国政府指使朝鲜李承晚傀儡军队对朝鲜民主主义人民共和国的进攻，乃是美国的一个预定步骤，其目的是为美国侵略台湾、朝鲜、越南和菲律宾制造借口，也正是美帝国主义干涉亚洲事务的进一步行动。

我代表中华人民共和国中央人民政府宣布：不管美国帝国主义者采取任何阻挠行动，台湾属于中国的事实，永远不能改变；这不仅是历史的事实，且已为开罗宣言、波茨坦公告及日本投降后的现状所肯定。我国全体人民，必将万众一心，为从美国侵略者手中解放台湾而奋斗到底。战胜了日本帝国主义和美国帝国主义走狗蒋介石的中国人民，必能胜利地驱逐美国侵略者，收复台湾和一切属于中国的领土。

声明号召热爱和平的人们站起来，反对美帝国主义的侵略，声明说：

中华人民共和国中央人民政府号召全世界一切爱好和平正义和自由的人民，尤其是东方被压迫民族和人民，一致奋起，制止美国帝国主义在东方的新侵略。只要我们不受恫吓，坚决地动员广大人民参加反对战争制造者的斗争，这种侵略是完全可以击败的。中国人民对于同受美国侵略并同样进行反抗斗争的朝鲜、越南、菲律宾和日本人民表示同情和敬意，并坚信全东方被压迫民族和人民，必能把穷凶极恶的美国帝国主义战争制造者，最后埋葬在伟大的民族独立斗争的怒火中。

面对美国的战争威胁，10 月 5 日，中共中央召开政治局会议，根据朝鲜党和政府的请求和祖国安全的需要，经过再三研究，一致决定派遣中国人民志愿军入朝参战，阻止美国的侵略行径，并决定彭德怀为中国人民志愿军司令员兼政治委员。

10 月 8 日，中国人民革命军事委员会主席毛泽东发出《关于组成中国人民志愿军的命令》，命令中国人民志愿军"迅速向朝鲜境内出动，协同朝鲜同志向侵略者作战并争取光荣的胜利"。

10 月 19 日，以彭德怀为司令员兼政委的中国人民志愿军为了保家卫国，为了世界和平，雄赳赳地跨过鸭绿江，与朝鲜人民军并肩作战，一同抗击美国侵略者，把以美国为首的联合国军的侵略赶出朝鲜半岛。

在朝鲜战争开始后，美国于1950年6月27日操纵安理会通过决议，要求联合国会员国协助南朝鲜当局，提供军队和其他援助。

7月7日，美国又操纵安理会通过决议，授权美国组成"联合国军"司令部，统一指挥参加侵略朝鲜的"16国"军队。

1950年7月6日，周恩来致电联合国秘书长赖伊并转安理会各会员国，安理会于6月27日在美国政府指使和操纵下所通过的关于要求联合国会员国协助南朝鲜当局的决议，是非法的。

电报全文如下：

联合国秘书长赖伊先生并转安全理事会各会员国：

我代表中华人民共和国中央人民政府声明：联合国安全理事会于六月二十七日在美国政府指使和操纵下所通过的关于要求联合国会员国协助南朝鲜当局的决议，是支持美国武装侵略、干涉朝鲜内政和破坏世界和平的，并且这一决议是在没有中华人民共和国和苏联两个常任理事国参加下通过的，显然是非法的。联合国宪章规定不得授权联合国干涉在本质上属于任何国家国内管辖之事件，而安全理事会六月二十七日的决议正违犯了联合国宪章这一重要原则。因此，安全理事会关于朝鲜问题的决议，不仅毫无法律效力，并且大大破坏了联合国宪章。而联合国秘书长赖伊先生关于朝鲜问题的行动，正加深了这一破坏性。

同时，美国总统杜鲁门在六月二十七日关于以武力阻止我中华人民共和国解放台湾的声明和美国海军侵入我台湾沿海的行动，是彻底破坏联合国宪章关于任何会员国不得使用武力侵害任何其他国家之领土完整或政治独立的原则的公开侵略行为。台湾是中国领土不可分割的一部分，这不仅是举世公认的历史事实，而且也是开罗宣言、波茨坦公告及日本投降后的现状所肯定的。联合国安全理事会及联合国秘书长对于美国政府这一公然侵略行动却又一声不响，放弃自己维护世界和平的职责，并成为顺从美国政府政策的工具。我现在代表中华人民共和国中央人民政府声明：不管美国政府采取任何军事阻挠，中国人民抱定决心，必将要解放台湾。专此奉达，即希查照。

中华人民共和国中央人民政府外交部部长

周恩来

一九五〇年七月六日于北京

与此同时，中国政府还将美军的侵略行为诉诸联合国讲坛，公之于世界各国，以正义压倒邪恶，以和平阻止侵略，严厉抗议美国政府的非法侵略行径。

　　中国义正词严地谴责美国的侵略行径和中国志愿军的和平之战，赢得了全世界一切爱好和平的国家和人民的好评。

中国将美国告上联合国

1950 年 8 月，周恩来代表中国政府致电联合国秘书长赖伊和安理会主席、苏联代表马立克，控诉美国的武装侵略，要求联合国安理会制裁美国侵略者，促使其撤退侵略军。

与此同时，中国充分利用联合国等外交舞台，争取和平，取得了很大的成效。

中国出兵援助朝鲜后，美国在联合国提出所谓"中国侵略朝鲜案"，企图把中国打成"侵略者"。中国针锋相对，向联合国提出了"美国侵略中国案"。

于是在当年联合国安理会的议程上，就出现两个重要议题：一是由中国提出的"美国侵略台湾案"，另一则是美国反诬我国而提出的"中国侵略朝鲜案"。

1950 年 8 月 1 日，苏联代表马立克重返安理会，并任轮值主席。他以主席的资格裁定国民党代表以中国代表的名义出席是非法的。经表决，印度、南斯拉夫赞成，8 票反对。

马立克又提出初步议程，第一项是承认中华人民共和国代表问题，第二项是和平解决朝鲜问题，但遭到美国操纵的多数否决。美国则提出"控诉对大韩民国侵略案"。

8月4日，苏联代表提出和平解决朝鲜问题的提案，主张安理会"讨论朝鲜问题，必须邀请中华人民共和国的代表参加，并听取朝鲜人民代表的意见"。

8月20日，周恩来外长致电赖伊和马立克，支持苏联8月4日的提案，坚决主张安理会讨论朝鲜问题时，必须有中华人民共和国的代表参加，必须邀请朝鲜人民代表出席陈述意见，在朝鲜停止军事行动，自朝鲜撤退外国军队。

1950年8月24日，周恩来再次致电赖伊和马立克，代表中国政府向安理会提出"控诉和建议"，电文称：

> 联合国安全理事会有义不容辞的责任，来制止美国政府武装侵略中国领土的罪行，并应立即采取措施，使美国政府自台湾及其他属于中国的领土完全撤出它的武装侵略部队。

8月29日，苏联代表马立克根据周恩来8月24日的电报，以"中华人民共和国中央人民政府关于美国政府武装侵略中国领土以及违反联合国宪章的声明"为题，设为安理会临时议程。

美国代表不同意，但又提出，若改以"关于台湾的控诉案"为题，美国将同意这项议程。

经过争论，印度代表认为议题不要含有"预先判断"之意，改为"控诉武装侵略台湾案"。经表决，印度和英、美、法、苏、挪威和厄瓜多尔 7 票赞成列入议程。

马立克接着提议，讨论该案时，邀请中华人民共和国中央人民政府代表出席安理会。由于美国阻挠，这项提议没有通过。

9 月 10 日，周恩来又致电联合国秘书长和安理会主席，要求安理会讨论上述问题时必须有中华人民共和国的代表参加。美国又操纵安理会的多数予以拒绝。

22 日，中国外交部发言人发表声明：

> 我们再一次明确表示，我们将永远站在朝鲜人民方面，正如数十年来朝鲜人民站在中国人民方面一样，坚决地反对美帝国主义侵略朝鲜的罪行，坚决地反对美帝国主义扩大战争的阴谋。

27 日，苏联代表马立克在安理会上提出，安理会已同意将"控诉武装侵略台湾案"列入议程，但美国代表和国民党残余分子的代表一直阻挠邀请中华人民共和国代表参加。苏联坚决主张立即邀请中华人民共和国派代表参加安理会有关台湾问题的会议。

29 日，安理会接受厄瓜多尔代表的提议，邀请中华人民共和国政府派代表参加"控诉武装侵略台湾案"；安理会又接受美国代表的提议，安理会讨论该案的时间应在 11 月 15 日以后。

按照联合国宪章有关条款的规定，安理会在讨论有争端的问题时，应当邀请有关的当事国参加讨论。鉴于这一规定，安理会于 1950 年 9 月 29 日通过决议，同意由中国政府派出代表团，出席联合国大会和安理会。

这一决定由联合国秘书长赖伊于 10 月 2 日正式通知中国。当时，赖伊致电周恩来称：

> 安理会 9 月 29 日会议决定，邀请中国政府代表出席 11 月 15 日会议。

10 月 23 日，周恩来以中国外交部部长的名义致电联合国秘书长赖伊：

> 美国纽约联合国秘书长赖伊先生：
> 我荣幸地收到你一九五零年十月二日来电，兹特通知你：中华人民共和国中央人民政府业已任命伍修权为大使衔特派代表，乔冠华为顾问，其他七人为特派代表之助理人员，共九人出席联合国安全理事会讨论中华人民共和国中央人民政府所提出"控诉武装侵略台湾案"的会议。
> 特派代表及其工作人员名单如后：伍修权（特派代表），乔冠华（顾问），龚普生、安东、陈翘、浦山、周砚、孙彪、王乃静。

025

以上九人均持有中华人民共和国外交护照，请即办理入境手续（入境签证地点请指定在布拉格）。鉴于我国与美国无外交关系，并请安排给予外交人员应享之特权与豁免。

专此奉达，即希查照并电复为荷。

中华人民共和国中央人民政府

外交部部长　周恩来

一九五〇年十月二十三日于北京

紧接着，中国开始筹备第一次联合国之行。

中国民主党派谴责美国暴行

1950 年 11 月 4 日，中国各民主党派发出的一份联合宣言声明，强烈谴责美国对朝鲜和中国的侵略行为，表明了中国人民坚决抵抗外来侵略者的决心。

该宣言严正指出：

以美国为首的帝国主义者侵略朝鲜的行动正在严重地威胁着中国的安全。全中国人民早已集中注视美国侵略者在朝鲜的行动以及在中国领土领空领海上的行动。

帝国主义者的侵略野心是无止境的。美帝国主义者在今年六月二十五日发动侵朝战争，他们的阴谋绝对不止于摧毁朝鲜民主主义人民共和国，他们要并吞朝鲜，他们要侵略中国，他们要统治亚洲，他们要征服全世界。

······

从美帝国主义者在六月发动侵朝战争以后，其侵朝空军曾多次侵入我国东北的领空，屠杀我国的人民，炸毁我国的财产。其侵朝海军竟在公海之内炮击我国的商船，破坏我国的航权。到了最近，美帝国主义者的狰狞面目更

加暴露出来了。美帝国主义者及其帮凶们的武力侵占汉城以后，一意孤行，不顾我国的警告，侵越朝鲜"三八"线，并以大量陆军向鸭绿江、图们江汹涌逼进，直接威胁我国东北国境。

……

中国人民是酷爱和平的。我们以前一向要和平，我们今后永远要和平。我们要中国的和平，我们要亚洲的和平，我们要全世界全人类的持久和平。我们主张朝鲜问题应当以和平方式来解决，帝国主义者的侵略军应当从朝鲜撤回去。然而美帝国主义者及其帮凶不但不愿意撤退侵略军，停止侵略战争与以和平方式解决朝鲜问题，反而向"三八"线以北，向中国的边境鸭绿江、图们江疯狂地发展这种侵略战争。这样就迫使我们认识了这样一个事实，那就是：世界上爱好和平的人民如果想要得到和平，就必须用积极行动来抵抗暴行，制止侵略。只有抵抗，才有可能使帝国主义者获得教训，才有可能按照人民的意志公正地解决朝鲜及其他地区的独立和解放的问题……

中国各民主党派誓以全力拥护全国人民的正义要求，拥护全国人民在志愿基础上为着抗美援朝保家卫国的神圣任务而奋斗。

中国共产党

中国国民党革命委员会

中国民主同盟

民主建国会

中国人民政协无党派民主人士

中国民主促进会

中国农工民主党

中国致公党

九三学社

台湾民主自治同盟

中国新民主主义青年团

一九五〇年十一月四日

1950 年 11 月 5 日，就在中国民主党派发表宣言的第二天，麦克阿瑟专门给联合国提交了一份报告，称"联合国军目前正与中共的军事单位有敌对接触"，希望能够通过这份报告促使安理会重视中国的介入，并就中国介入表明联合国的态度，进而采取一些有利于美国的措施。

11 月 6 日，在美国的要求下，安理会就麦克阿瑟的报告举行特别会议，讨论关于中国介入战争的动机、目的等一系列问题，并商讨应对政策。

在这次会上，美国驻联合国大使沃伦·奥斯汀正式向联合国提交了麦克阿瑟的报告。但在这次会议上，安理会没有达成任何结论，只得决定休整两日，于 11 月 8 日再行讨论。

11 月 8 日，安理会就麦克阿瑟的报告召开第二次会议。这次会议上，美国方面提出一个提案，其大致内容为："应当呼吁中国从朝鲜撤军，同时联合国军应驻留在朝鲜，直到确保一个统一、民主的朝鲜政府出现。"

同时，法国提出联合国军应当避免攻击鸭绿江边的水丰水坝。接着，法方又提出，为了进一步给紧张的态势降温，联合国应当规定自己的政策为"中朝边境是不可侵犯的"。

然而，美国方面对法国的这点建议持反对态度，所以，11 月 8 日的会议就在美法双方的争论声中结束了。会议仍然没有取得任何实质性的进展。

11 月 10 日，安理会召开第三次会议，就美国两天前的提案进行表决。会上，西方国家的态度基本一致，而苏联代表则坚决地投出反对票。

苏联代表认为，目前安理会在没有中华人民共和国代表出席的情况下就讨论针对中国的政策，这种会议作出的决议是非法的。必须要中华人民共和国代表在场，并让其阐明中国政府的态度，安理会才能继续讨论对策。

在苏联的否定票下，安理会就麦克阿瑟报告的讨论陷入僵局。安理会除非将中国代表请来，否则这个会议就无法再开下去。

11 月 12 日，联合国秘书长赖伊向中国政府发出邀请，让中方派遣代表团旁听安理会就麦克阿瑟报告和中国介入战争问题的讨论。

然而，这个邀请被中方断然拒绝了。中国的拒绝让美国人感到疑惑不解。这时，在朝鲜战场上，中国的志愿军结束了"第一次战役"后，却神秘地消失在"联合国军"的视野之中。

中国军队的突然出现又突然消失本来就让美国人感到困惑，这次中方又拒绝到联大旁听，就更加让美国无法理解中国介入战争的真实目的了。

因此，美国认为，中国政府拒绝联合国的邀请，意味着，中国并无继续扩大战争的打算。中方的真正目的应该是要控制一片在鸭绿江和清川江之间的缓冲带。

可是，中国各民主党派于 11 月 4 日发出的一份联合宣言声明让美国方面更加困惑。

这项声明措辞激烈，似乎表明中国已经决心为保卫整个北朝鲜而奋战到底。

11 月 13 日，澳大利亚警告美国，中国将很可能与联合国军方面对抗到底。

11 月 14 日，联合国安理会收到消息，中方虽然不同意参加就麦克阿瑟报告和中国介入战争的讨论，但愿意派遣使团在联合国讨论有关美第七舰队进入台湾海峡的问题。

中国方面派出了一个以伍修权为特派代表、以乔冠华为顾问的 9 人代表团赴联合国参加会议，代表团已经

于 11 月 14 日起程。

中国各民主党派发出的这份联合宣言声明，起到了强大的声援作用。声明充分表现了全中国人民团结一心，一致抗击侵略的伟大力量。这让西方帝国主义国家知道了中国捍卫主权的坚定决心，是以全国人民作为坚强的后盾。这也大增了中国代表团第一次参加联合国大会的底气，非常有力地配合了代表团在联合国积极开展各项外交活动。

二、 代表团参加联合国大会

● 伍修权自信地说："总理，有毛主席和您的英明领导，再加上乔冠华等人的协助，我有信心完成这项任务。"

● 伍修权向挤在扩音器前的记者和摄影师们说："中美两国人民从来就存在着深厚友谊，我愿趁这个机会，向爱好和平的美国人民致意。"

● 在中国代表团面前的桌子上，放着写有"中华人民共和国"英文字样的席位标志牌子。虽然这个牌子很小，但格外醒目。

周恩来任命伍修权任团长

1950 年 6 月 25 日，朝鲜战争爆发。

6 月 27 日晚上，在中南海菊香书屋，毛泽东站在一幅世界地图面前，自言自语地说："他们的野心太大了，狼子野心啊！"然后在房间里来回踱起步来，对于中国应该对美国的暴行作出什么反应，毛泽东心里已经有了底。

10 月 3 日 1 时，周恩来紧急约见印度驻华大使潘尼迦，以正式外交途径通知美国政府：

美军越过三八线，中国要管。

时任外交部苏联东欧司司长的伍修权一直在密切关注着国际局势的变化。

1950 年 10 月中旬的一天，伍修权的秘书匆匆走进办公室，对伍修权说："司长，总理下午要见你。"

"总理要见我？"伍修权诧异地问。

"大概是关于派代表团去联合国的事。"秘书回答。

当天下午，伍修权来到周恩来的办公室。简单的寒暄后，周恩来说："修权同志，中央经过研究决定，由你出任赴联合国代表团团长。"

伍修权以为自己听错了："由我任团长？"

"对，这次代表团去联合国，是新中国建立后的第一次。本来我们考虑应该派一位文职人员，但是文职人员又太温和。毛主席指示说，这次去联合国斗争一定非常尖锐复杂，我们一定要给美国佬一点颜色看看。我们要派一员武将到联合国去打这场文仗。所以我想到了你。"

伍修权不仅有不平凡的军旅生涯和外交经历，而且正担任着外交部苏东司司长的职务。在周恩来心中，伍修权是最适当的人选。

伍修权有些迟疑，周恩来看透了他的心思，向他投去信任的目光，周恩来坚决地说："没关系，你是军人出身，性格上比较符合这次出使的任务。再加上你当了这么长时间的苏东司司长，有丰富的外交经验。"

"但是，我们对联合国不甚了解啊！"伍修权的心里还是没底。

"这个问题我们也考虑过了，在联合国里我们有苏联老大哥帮我们撑腰，有什么问题不清楚他们可以帮我们嘛！你的俄文水平高，联系起来比较方便，这也是任命你为团长的一个重要原因。怎么样，还有什么问题吗？"

伍修权问道："代表团还有哪些人呢？"

"噢，我们准备派乔冠华当顾问随团出使，在一些问题上他可以给予你帮助。"

听到乔冠华将任自己的顾问，伍修权心里总算放心了。乔冠华是外交部里有名的国际问题专家，是个"文胆"，有他帮助，大可不必担心。

所以，伍修权自信地说："总理，有毛主席和您的英明领导，再加上乔冠华等人的协助，我有信心完成这项任务。"

随即，在周恩来的直接指示下，伍修权带领全团人员，开始了出发前各种紧张的准备工作。

对于伍修权来说，这已是第二次接受前往联合国的任务。第一次是在 1945 年初联合国成立时，中国接到了在美国旧金山召开的联合国制宪会议的邀请。

当时，参加制宪会议的代表团自然也应当是由各党派的代表组成。

1945 年 2 月 15 日，周恩来致电回美国述职的美国驻华大使赫尔利说：

> 目前中国没有民主的联合政府，国民政府完全是国民党的独裁统治，它不能代表解放区九千万人民，也不能代表国民党统治区广大老百姓的公意，因此，出席旧金山联合国会议的中国代表团中，国民党应当只占三分之一，中国共产党和民主同盟的代表占三分之二。

周恩来要求赫尔利把中共中央的意思转告美国总统罗斯福。赫尔利后来给周恩来回电，表示不同意中共中央的建议。

1945 年 3 月 7 日，中国共产党方面提出，由周恩来、董必武、博古、伍修权等作为代表，参加中国代表团。蒋介石不想让共产党参加，于是他找出各种理由和借口排斥其他党派的人员参会。

为了达到这个目的，蒋介石不择手段，最滑稽的是，他说伍修权有"沙眼"，会传染给别人，所以不能出国，伍修权因此被留在了国内。

共产党是抵抗日本法西斯的主要力量，蒋介石将中国共产党排斥在外的做法很不得人心，美国总统罗斯福也觉得这样做不太妥当。

1945年3月7日，国民党政府在没有征得其他党派意见的情况下，公布中国出席旧金山制宪会议代表团的名单。

其中，首席代表是国民政府代理行政院长、外交部长宋子文，代表包括：国民政府驻英国大使顾维钧，国民参政会主席团成员王宠惠、吴贻芳，前驻美国大使魏道明、胡适，青年党代表李璜，民社党代表张君劢，共产党代表董必武和《大公报》总经理胡霖。中共党员章汉夫、陈家康作为秘书参加。

1945年6月，中国代表团代表董必武在联合国宪章上签字。

那一次，因为蒋介石的阻挠，伍修权没能前往联合国。但是，仅仅5年之后，伍修权却作为拥有四亿七千五百万人民的中华人民共和国特别代表前往联合国，他的心中自然充满了感慨和希望，也充满了强大的力量，

因此，他敢于藐视一切貌似强大的敌人，发出正义和平的强大声音。

中央十分重视中国的这次联合国之行，毛泽东坚持要派一位将军出去给美国佬一点颜色看看，充分表明中国人民的力量。周恩来千挑万选，终于挑中了外交经验十分丰富的伍修权，希望他以正义的姿态登上联合国的舞台，胜利完成这次重大的外交使命，为新中国争光，为全国人民出气。

周恩来设宴为代表团饯行

1950 年 11 月 12 日，中南海西花厅里热闹非凡。周恩来在这里接见伍修权等代表团全体成员，并设宴为代表团饯行。

席间，周恩来反复向伍修权交代代表团此次行动的方针大计，以及注意事项。

宴会最后，周恩来站起来，举起酒杯郑重地对大家说道：

> 同志们，这次你们出国，是我们伟大的新中国第一次派代表到世界最大的国际组织去发表自己的意见，对我国乃至全世界都有重大的意义。你们要把中国人民的愿望带到联合国去，让世人知道任何困难和威胁都是压不倒中国人民的。

顿时，宴席间响起热烈的经久不息的掌声。

接着，周恩来向大家祝愿说：

> 同志们，这次去联合国，任务艰巨复杂，大家一定要齐心协力，把这一仗打好，完成祖

国交给你们的光荣任务。最后，祝你们一路顺风。

宴席结束后，周恩来拉着伍修权的手把他送到门外。周恩来语重心长地说："老伍啊！这次你肩上的担子不轻啊！你一定要记住，你们代表的是全国的人民，要有信心，拿出气魄来给美国佬看看，中国人不是好惹的。另外要记住，去了之后要相机行事。"

伍修权挺直了胸脯对周恩来说："总理，您放心，我一定会完成您交给我的任务的。"

伍修权心中知道这次任务十分艰巨，中国冲破了以美国为首的帝国主义国家的重重阻挠才赢得了这次联合国之行。

美国想方设法阻挠中国的联合国之行，但还是没有成功。

早在1950年1月12日，国务卿艾奇逊在答记者问时承认，美国的坦克和飞机正在运往台湾，但是费用要由美国国会通过的给予蒋介石集团1.25亿美元的"援助"中拨款支付。

1950年9月15日，美国侵略者集中优势兵力在仁川登陆以后，美国对中国的对策有变化，因为美军正大举向朝中边界推进，需要麻痹中国人民。

于是，厄瓜多尔代表在9月29日提出的邀请中华人民共和国政府代表参加安理会关于美国武装侵略台湾的讨论的提案，在安理会上得以通过。

美国为了延缓时间，又借口苏联所提控诉美国侵略中国领土案已列入第五届联大议程，让安理会的讨论推迟到 11 月 15 日以后。

1950 年 9 月 19 日，第五届联合国大会在纽约举行。

周恩来代表中华人民共和国政府，于 9 月 24 日和 27 日，分别以电文控诉美国侵朝军队飞机侵犯中国领空和美国侵朝军舰炮击中国商船的罪行，严正地要求联合国大会讨论中华人民共和国的控诉。

美国被迫在联合国内承认其侵朝军用飞机侵犯中国领空并进行了轰炸和扫射的行为，却把美国的所谓"福摩萨问题"的提案列入大会议程。

11 月 8 日安理会通过讨论"联合国军"司令部的报告的决议，并决定邀请中国政府派代表与会。

11 日，周恩来致电联合国秘书长和安全理事会主席，声明中国不能接受安理会 11 月 8 日会议所决定的邀请，并要求安理会将我国控诉美国政府武装侵略台湾案与美国政府武装干涉朝鲜问题合并讨论，以便中国提出控诉。

周恩来在电文中称：

纽约成功湖联合国秘书长赖伊先生并请转安全理事会主席贝勒勒先生：

赖伊先生三十六号电谨悉。

我代表中华人民共和国中央人民政府向联

合国安全理事会声明：我们不能接受一九五○年十一月八日安全理事会第五二○次会议所决定的邀请，因为这项邀请，按照决议的内容，剥夺了中华人民共和国中央人民政府代表在安全理事会上讨论中国人民所最感迫切的问题，即美国政府武装干涉朝鲜和侵略中国的问题，而将中国代表的权利限制在讨论所谓联合国司令部的特别报告上面；这个所谓联合国司令部是在安全理事会没有苏联和中华人民共和国两个常任理事国参加并在美国操纵之下非法产生的，因之它的报告不仅是片面的和别有用心的，而且是非法的，绝不能作为讨论的根据。

……

……安全理事会应将我中华人民共和国中央人民政府控诉美国政府武装侵略台湾议案与美国政府武装干涉朝鲜问题合并讨论，以便我中华人民共和国代表出席安全理事会讨论"控诉武装侵略台湾"议案时，得以同时提出控诉美国政府武装干涉朝鲜问题，实为至便。

专此奉达，即希查照。

中华人民共和国中央人民政府外交部部长

周恩来

一九五○年十一月十一日于北京

1950 年 11 月 14 日，经过认真的准备，中国赴联合国代表团搭乘苏联航空公司的班机从北京起程。机场上举行了有北京市各界代表参加的盛大欢送仪式。

当代表团的成员登上飞机的时候，从伍修权到下面的工作人员，都很激动。中国代表团带着全国人民的愿望，向纽约成功湖出发了。

当时，中美之间没有建立正式外交关系，代表团入美的签证地点定在布拉格。代表团只好乘民航班机取道苏联，再飞往达布拉格办理签证，11 月 23 日乘飞机经伦敦赴纽约。伍修权曾回忆说：

我们对于自己能作为新中国第一次出席联合国大会的代表，一面觉得十分光荣和兴奋，一面又觉得肩头担子很重，内心是不平静的。

代表团赴布拉格办理签证

1950 年 11 月 14 日，赴联合国代表团登上飞往苏联的飞机，在机场送行的人们目送着他们，直到飞机越来越小，最后消失在云端。代表团带去了中国人民的心愿。

前往机场欢送伍修权一行的有：中华人民共和国出席联合国大会首席代表张闻天，中国人民保卫世界和平反对美国侵略委员会副主席彭真、常务委员彭泽民，外交部副部长李克农、章汉夫，中国人民外交学会会长张奚若，中国人民保卫世界和平反对美国侵略委员会北京市分会副主席吴晗、曾昭抡，中华全国总工会秘书长许之桢，中华全国学生联合会执行委员会主席谢邦定，中国新民主主义青年团中央委员会秘书长荣高棠以及中华全国民主妇女联合会，中华全国民主青年联合总会，中苏友好协会总会各单位代表，以及北京市各团体代表共 100 多人。

中国这次派出代表团前往联合国，是一个具有重大意义的突破。

早在新中国刚刚成立时，中央人民政府就决定要争取在联合国的合法席位。

1949 年 11 月 15 日，周恩来曾分别致电联合国秘书长赖伊和联合国大会主席、菲律宾外长罗慕洛。周恩来在声明中严正指出：

中华人民共和国中央人民政府业于十月一日正式成立。中央人民政府毛泽东主席于政府成立之日，即郑重向全世界宣告：只有中华人民共和国中央人民政府才是代表中华人民共和国全体人民的唯一合法政府。现在，中华人民共和国中央人民政府业已基本上解放了全中国的土地和人民，且已得到全中国人民的热烈拥护。而国民党反动政府已丧失了代表中国人民的任何法律的与事实的根据。因此，目前以代表中国人民名义参加联合国组织并出席本届联合国大会的所谓"中国国民政府代表团"……我谨代表中华人民共和国中央人民政府正式要求联合国，根据联合国宪章的原则与精神，立即取消"中国国民政府代表团"继续代表中国人民参加联合国的一切权利，以符合中国人民的愿望。

但在以美国为首的帝国主义国家的操控下，从联合国驱逐蒋介石集团代表的行动屡屡受阻。因此，中国代表团的这次联合国之行就显得尤为重要。

当时，中央选定的路线往返行程有 3.2 万多公里，先从北京乘苏联的飞机到莫斯科，然后前往捷克斯洛伐克首都布拉格，再到伦敦，从伦敦直飞纽约。

途中飞机的飞行时间就有 100 多个小时，其艰苦程度可想而知。后来伍修权在给外交部人员作报告时幽默地说："这回飞机的瘾是过够了。"

代表团进入苏联境内的第二天，飞经西伯利亚的克拉斯诺雅尔斯克时，遇到大风雪，飞机只得在当地机场紧急降落。

代表团担心耽误行程，赶忙打电话给中国驻莫斯科大使馆。大使馆立即向苏联外交部通报，请求给予帮助。苏联外交部研究之后很快答复，会尽最大努力保证代表团按期成行。

1950 年 11 月 20 日，代表团飞抵布拉格机场。

到机场欢迎的有：捷克斯洛伐克副总理费林格，副外长波拉克，中国驻捷大使谭希林，捷克斯洛伐克外交部中国司司长卡尔比西克，人民民主国家司司长西比科瓦—哥特华多瓦，交际司司长查鲁巴，布拉格卫戍司令伊珍姆将军，苏联大使馆一等秘书拉佐卡耶夫以及联合国组织驻布拉格办事处代表里特尔等。

按计划，代表团将在布拉格停留 3 天，由联合国方面负责向美国驻布拉格大使馆办理中国代表团进入美国的签证。

按照一般做法，美国使馆应当发给代表团外交签证。但是，当护照拿回来的时候，大家发现，美国人给的竟是普通签证。

代表团预先估计到美国可能会做些手脚阻挠代表团的联合国之行。所以，当发现没有给发外交签证后，代表团立即向联合国方面表示抗议，要求他们同美国使馆交涉。

联合国自然知道美国人的做法是不妥当的，但因为时间太紧，换发外交签证已经来不及了。所以，代表团按照预先准备好的应对方案提出，要求美方出具一张免验证明，以保证代表团在抵达美国时享受应有的外交礼遇。

美国使馆的人却说他们没有发免验证的做法，但许诺会给代表团以礼貌的待遇。

在等签证的间隙，代表团请了捷克外交部一位出席过联合国会议的副部长介绍联合国的情况。同时，大家对可能出现的问题又作了进一步的估计和研究。

自从发布了中国代表团将出席联合国会议的消息后，中国代表团的一举一动都受到了世界的关注。代表团一路上要极其谨慎，除了在布拉格机场发表已经准备好的讲话外，没有在其他任何公开场合发表意见。代表团随身携带的伍修权的发言稿也妥善保管，防止被盗，以免泄露中方意图。

为了确保安全，代表团9个人分成了3个组。伍修权说，这就像作战一样，是三三制，3个人专管文件和行李，3个人保管机要事务，另外3个人对外办交涉。分工明确之后，代表团立即按这个"三三制"行动。

11月23日清晨，代表团从布拉格起飞。代表团起程时，捷克副总理费林格，外交部副部长白莱克与塞卡尼诺娃，对外贸易部部长格里哥尔，外交部中国司司长卡尔比西克，外交部交际司司长查鲁巴，布拉格卫戍司令伊珍姆，中国驻捷大使谭希林，苏联大使馆一等秘书拉佐卡耶夫及联合国驻布拉格办事处代表里特尔等，到机场送行。

飞机经瑞士抵达伦敦，到达伦敦时，英国外交部远东司的司长前往机场迎接中国代表团。

当时，有一位英国国务大臣，本来是跟代表团同机前往美国的，在机场时，有一个记者问伍修权，他们知道不知道有国务大臣同机而行。

这位记者大概是想让中国代表团感到，能跟一位大英帝国的国务大臣同机而行是很荣幸的。

代表团冷冷地说：我们不知道。

在飞机起飞前一小时，这位英国国务大臣突然取消了行程。当时有舆论说，这位大臣面对"傲慢的"中国代表团很不舒服，所以临时决定不上飞机了。

飞机横越浩瀚的大西洋，终于到达美国上空。

伍修权在纽约机场慷慨陈词

1950 年 11 月 24 日，纽约时间 6 时 13 分，一架载有新中国第一个出席联合国会议代表团的飞机，降落在纽约机场。9 位中国共产党人，持着新生的中华人民共和国的外交护照，正气凛然地踏上美国的土地。

代表团的飞机徐徐降落了。在机场入口处一排警察的监视下，100 多个摄影师、记者、官员开始骚动。服务人员将红地毯一直铺到飞机降落的地方。照相机的灯光和汽车的强光直射向机舱门，使黑夜如同白昼一样光明。

伍修权整理了一下衣服，稳健而自信地率领着代表团成员们走出机舱。这一刻，标志着新中国正迈开矫健的步伐，广泛地参与处理国际事务。

苏联常驻联合国代表马立克，联合国负责礼宾的官员，以及波兰、捷克斯洛伐克等友好国家的常驻联合国代表到机场迎接中国代表团。

此时，美国各大报刊和其他一些国家驻纽约的记者，还有一些闻讯赶来的友好人士正等在机场入口处，见中国代表团一行过来，便蜂拥而上，向伍修权提出一连串的问题。

伍修权没有就他们的问题发表意见，只在机场发表了一个简短的讲话，在一片镁光灯的闪烁和照相机"咔嚓咔嚓"的快门声中，伍修权向挤在扩音器前的记者和摄影师们说：

　　本人奉中华人民共和国中央人民政府之命，出席联合国大会及安理会讨论"控诉武装侵略台湾案"的会议。我希望中华人民共和国中央人民政府提出的控诉案，能够在安理会上得到公平处理。果如此，将有利于亚洲及太平洋的和平与安全，这就是中华人民共和国中央人民政府及中国四万万七千五百万人民的愿望……中美两国人民从来就存在着深厚友谊，我愿趁这个机会，向爱好和平的美国人民致意。

　　站在伍修权代表旁边的是苏联代表马立克，摄影师们一再说："马立克先生，请等一等，再照一张照片。"

　　就在这时候，马立克和伍修权微笑着亲切握手。

　　中国代表团的到来，一时成为美国官方和民间的关注焦点。代表团成员的一举一动都成了记者争相报道的题材。

　　伍修权在机场讲完话后，乘车离开机场前往纽约最大的华尔道夫·阿斯多利亚旅馆。美国警方派出4名便衣担任代表团的保安。这4名便衣从代表团一下飞机，就寸步不离地跟在中国代表团左右。

　　代表团的9个人住在饭店第9层，每人住一套设备相当豪华的套间，价格极为昂贵，但代表团人员住起来却不放心，他们总担心房间里有窃听装置。

为了干扰可能的窃听，代表团成员经常在房间里开着收音机，听新闻报道和晚间广告。

访者都被纽约警察局的保镖拒之门外，外交官也很少外出，只是偶尔到附近一个公园的僻静处谈一些重要问题。4个保安住在代表团隔壁。

第一次来到美国，代表团每个人都保持着高度警惕，处处留神，神经绷得紧紧的。伍修权后来回忆说，当时大家看到地毯上因静电擦起的火花，都会想一想，这是不是什么特殊的特务装置，其警惕程度可想而知。

为了防止被窃听，大家不在房间里谈论工作上的事情，需要商量事情的时候，就到饭店旁边的一个公园里，边散步边商量。

很多美国老百姓对中国代表团十分友好。当代表团在饭店下榻之后，有很多人送来鲜花，整个房间里都摆满了。还有很多人给代表团写信，表示欢迎。代表团到达当天就接到50多封信，几乎都是表示欢迎。

从11月24日至12月19日，代表团在美国26天，收到来自40个州的美国人民来信、来电708封，这里面还不包括记者和其他国家的来信。

代表团到旅馆稍事休整后，当天下午前往联合国总部礼节性拜会秘书长赖伊。伍修权向赖伊递交了周恩来的介绍信，中国政府任命伍修权为出席联合国特别会议代表的全权证书。

随后，代表团到苏联代表团驻地，拜会苏联外长维辛斯基和苏联常驻联合国代表马立克，商谈安理会开会的事情。

中国代表团希望安理会能尽快开会讨论中国控诉美国侵略台湾的议题，最好整个议题能够在 11 月份完成。因为按照次序，12 月份安理会轮值主席是国民党"政府"代表蒋廷黻。

按照联合国的有关程序，中国代表团无权直接向赖伊要求什么时候举行会议，但苏联作为常任理事国，他有权向安理会主席提出来，而且一旦有常任理事国提出开会，安理会无权拒绝。伍修权提出希望明天就能开会。

苏联方面完全同意，马立克当即给安理会主席、南斯拉夫常驻联合国代表打电话，说中华人民共和国政府代表团已经抵达纽约，建议安理会明天开会。

代表团正义凛然步入联合国会场

1950 年 11 月 24 日，中国代表团到达纽约的当天，美国代表企图使邀请中国代表出席大会的决议不生效，但并没有得到广泛响应。经过辩论，大会又作出决议，重申对中国的邀请。

1950 年 11 月 25 日是星期六，原定下午 3 时开会，结果当天纽约风雪交加，很多代表不愿意出门。代表们提议为了安全起见，会议改期。

赖伊安排安理会主席贝勃勒跟中国代表团会见。会见中，中国代表团询问，在即将召开的会议中，除了中国代表团控诉美国侵略台湾案之外，还有什么议题。

贝勃勒说："还有美国控诉中国侵略朝鲜案，你们可以出席讨论。"

贝勃勒接着说："纽约靠着大西洋，今天刮起大风暴，海边的房子和树都给刮倒了，所以今天的会改在下周举行。"

伍修权提出，中国代表团希望先发言。

贝勃勒说，美国代表先报的名，所以中国只能排在第二个发言。

伍修权说，会议既然是讨论中国控诉美国侵略台湾的提案，应当中国先发言。

贝勃勒解释说，安理会有程序规定，只能是谁先报名谁先说。中国代表团也就不好再争。

在代表团准备的伍修权的发言稿里，对蒋介石集团和美国政府进行了很辛辣的批评，中国代表团对此征求苏联代表团的意见。

维辛斯基想了想说："不要紧，你只要保持沉着，马立克会给你打开局面的。"

有了维辛斯基这句话，伍修权心里便有了底。

1950 年 11 月 27 日，中国代表团在安理会主席的邀请下，首次出席联合国政治委员会的会议。

那天，会场非常拥挤，很多记者、华侨知道今天中国要参会，都纷纷赶来，想听听中国的声音。

当伍修权、乔冠华一行进入会议大厅时，会场上顿时热闹起来，听众纷纷起立张望，正在发言的苏联出席联合国大会代表团团长、苏联外长维辛斯基立即中断演说，友好地向中国政府代表表示欢迎并祝中国代表团成功。

维辛斯基说：

请原谅，我暂时中断我的演说，我以我们苏联代表团的名义，借此机会向在主席的邀请下，现在正在会议桌前就座的中国合法政府的代表伍修权先生及代表团其他成员致敬，并祝他们今天在联合国组织中开始的活动获得成功。

在联合国官员的引导下，中国代表团的人员走到位置上，按顺序入座。

在中国代表团面前的桌子上，放着写有"中华人民共和国"英文字样的席位标志牌子。虽然这个牌子很小，但格外醒目。

中国代表团的位置旁边是英国代表杨格，杨格旁边就是美国国务卿杜勒斯。杜勒斯和中国相距也就一米左右。

当时，杜勒斯的表情十分滑稽，后来伍修权回忆起当时的情景时说：

> 美国代表杜勒斯明知我们到了身边，却强作镇静，装出一副不屑一顾的样子。我倒满不在乎地瞧了这位美国头面人物一眼，只见他满脸僵冷木然的表情，嘴角生气地使劲地往下拉，藏在镜片后面的双眼，直愣愣地呆视前方，连看一下我们的勇气都没有。这种对新中国及其代表视而不见、充耳不闻的顽固态度，我们看了真觉得又可气又可笑。

维辛斯基的讲话完毕之后，该杜勒斯发言了。

杜勒斯在讲话中否认美国有侵略中国的行径。当时，中国政府提出抗议说，美国侵犯中国领空有 80 多次。

杜勒斯狡辩说，这80多次当中，有60多次只是侦察行动，其余20多次的轰炸和扫射是在中朝边界桥梁地带，不能算是侵犯中国。他说着，还拿出地图给维辛斯基看。

维辛斯基驳斥道："你说60多次是侦察行动，难道侦察行动就不是侵略行动吗？你有什么权利去侦察中国的领空呢？"杜勒斯一时语塞。

这一天，中国代表团没有发言，只是到大会上去亮一下相，正式宣告人民中国代表的到来。虽然中国代表不发言，但在场所有记者的镜头都对准了中国代表团。

会议一结束，一群记者和摄影师蜂拥而上，他们把中国代表团首次走进联合国的消息传到了世界各地。

三、 安理会响起新中国声音

● 伍修权义愤填膺地说："情况变了，中国人民已经站起来了。"

● 毛泽东风趣地说："伍修权大闹天宫了。"

● 郭沫若说："我们中国人民的正义行动得到全世界人民一致的热烈的支持。"

伍修权在安理会上控诉美帝暴行

1950 年 11 月 28 日下午，联合国安理会开始讨论中国提出的美国武装侵略台湾案。

在 11 月 28 日的联合国安全理事会会议上，安理会在美国的操纵下，不顾苏联的反对，决定同时进行两个议题，即中国提出的"控诉美国侵略中国案"和美英等 6 国提出的所谓中国"对大韩民国侵略案"。

11 月 28 日 16 时，安理会正式讨论开始。会议一开始，会场气氛便显得十分紧张。

安理会轮值主席南斯拉夫的贝勃勒一宣布会议开始，中美两方代表就爆发了"首先发言权"斗争。

按照安理会的规定，各国的发言都要事先报名，由安理会主席安排，发言要举手，由主席指定。

伍修权了解这些规则，早就报了名，一宣布开会后，伍修权马上举手要求发言。美国代表奥斯汀见势不妙，马上"啪"地举起手。

按报名的顺序讨论的题目，都应由伍修权先发言，但贝勃勒却出人意料地指定由奥斯汀先发言。这对刚刚走进联合国安理会的中国代表团来说，显然很不公平。

苏联代表建议由中华人民共和国代表首先发言，但苏联的意见被否决。于是，美国代表奥斯汀首先发言。

奥斯汀在发言中称两个议题所涉及的是不同性质、但又相互联系的问题。

他接着攻击中国政府"公开地遣送大量自己的战斗部队从满洲跨越国界",同"联合国部队作战",已构成"侵略"行为。

奥斯汀还为美国侵略台湾进行辩护,说台湾的法律地位"在国际上采取行动决定它的前途之前是不能够确定的"。

奥斯汀的这些话让蒋介石集团代表十分尴尬,如果台湾地位未定,那国民党政府的台湾在联合国算是什么性质的组织呢?

奥斯汀洋洋得意地讲了一大通为美国侵略行径辩解的废话。奥斯汀说美国未曾侵略中国的领土,而之所以派第七舰队去台湾海峡是为了免除"直接威胁太平洋地区的安全"。

接着,奥斯汀又不厌其烦地回顾历史,宣称美国曾经如何帮助过中国,列举美国曾在中国办了多少医院、学校,想以此来证明美国是如何地爱好和平。

而这一切都只不过是国民党政府垮台时,美国国务院公布的中美关系白皮书的陈词滥调。

奥斯汀的话结束后,伍修权将军终于得到发言的机会。

伍修权健步走到讲话席,用洪亮的声音开始演说:

主席，各位代表先生：

我奉中华人民共和国中央人民政府之命，代表全中国四万万七千五百万人民，来这里控诉美国政府武装侵略中国领土台湾（包括澎湖列岛，以后凡称台湾，皆包括澎湖列岛）非法的和犯罪的行为。

各位代表先生，请注意这一点：这就是我的明确的具体的使命。我现在带来了中华人民共和国中央人民政府外交部部长周恩来11月11日电复联合国秘书长赖伊先生的电报之原稿，其末段说："鉴于美国政府武装干涉朝鲜和侵略中国的台湾这两个问题的严重性而又被密切地联系着，安全理事会应将我中华人民共和国中央人民政府控诉美国政府武装侵略台湾议案与美国政府武装干涉朝鲜问题合并讨论，以便我中华人民共和国代表出席安全理事会讨论'控诉武装侵略台湾'议案时，得以同时提出控诉美国政府武装干涉朝鲜问题，实为至便。"但安全理事会的B项议程，与周外长上述提议没有任何共同之点，因此中华人民共和国代表决不参加B项关于所谓"控诉侵略大韩民国"议程的讨论。

中华人民共和国中央人民政府，对美国政府侵略台湾的控诉，本来是应该由作为常任理事国之一的中华人民共和国参加联合国安全理事会的代表来进行的，但由于美国政府的操纵和阻挠，中华人民共和国的合法代表始终被拒绝在联合国之外。因此，我不能不首先抗议联合国直至今日还容留中国国民党反动残余集团的"代表"冒充代表中国人民恬不知耻地坐在这里。各位代表先生，这实在是中国人民所不能容忍的事情。

伍修权一开始就对美国的暴行提出严正控诉，他的气度，让一些在座的代表很佩服，纷纷点头表示同意。因为还没有哪个国家的代表团敢在联合国会议上指控美国的霸权，所以很多与会代表向伍修权投去了赞赏的目光。

紧接着，伍修权控诉美国武装侵略中国领土台湾的罪行。他用美国总统杜鲁门当年 1 月 5 日关于美国及其盟国承认中国对台湾行使主权的言论，以及 1943 年 12 月 1 日罗斯福总统宣布的《开罗宣言》中有关日本将中国领土台湾、澎湖列岛等归还中国的规定，驳斥美国政府的所谓"台湾地位未定"的谬论。

伍修权要求联合国公开谴责美国的侵略行径，并采取措施，使美国从台湾撤出其武装力量。

伍修权还揭露了美国对朝鲜和中国台湾的侵略行径，批评美国散布的"台湾地位未定论"，伍修权正义凛然地说：

奥斯汀代表说，美国未曾侵略中国领土，好得很，那么美国的第七舰队和第十三航空队跑到哪里去了呢？莫非是跑到火星上去了？不是的！它们在台湾。任何诡辩、撒谎和捏造都不能改变这样一个铁一般的事实，美国武装力量侵略了我国领土台湾。

美国政府说台湾地位未定，实际上远在他们美国独立之前，台湾就已是中国领土不可分割的一部分了。而这一事实美国也曾在多种场合下给予承认了，比如在《开罗宣言》、《波茨坦公告》中等，台湾的地位决定了台湾根本不存在什么问题，台湾只有一个问题，就是美国政府侵略我国领土台湾的问题。

伍修权批评联合国的议事日程是由于美国的操纵而未能行之有效。他说：

如果没有中国的合法代表参加讨论，联合国将不可能解决任何与亚洲有关的重大问题。

当时，每位代表都聚精会神地听伍修权的发言，连旁听席上也坐满了人。

共和国故事·义正词严

这是伍修权头一次在国际舞台上发言，他以前没有多少经验。开始的时候他讲得比较慢，嗓门也比较大。

伍修权的气势让美国感到震惊。

为了让翻译可以翻得更流畅一些，这时候代表团其他成员递了张纸条上去，让他讲得快一些，声音可以小一点。

在讲话中，伍修权还控诉了美国政府武装侵略朝鲜，屠杀朝鲜人民，扩大朝鲜战争的行为。他指出：美国武装侵略朝鲜，一开始就严重地威胁了中国的安全。美国侵朝部队的军用飞机不断侵犯中国东北的领空，进行侦察活动，扫射轰炸中国城镇与村庄，杀害中国和平居民，损坏中国财产。

伍修权还说：

中国人民对于美国政府侵略朝鲜的这种严重状态和扩大战争的危险趋势，不能置之不理。中国人民眼见台湾遭受侵略，美国侵略朝鲜战争的火焰迅速地烧向自己，因而激于义愤纷纷表示志愿援助朝鲜人民，反抗美国侵略乃是天经地义，完全合理的。

最后，伍修权向安理会提出三点建议，他说：

为了维护国际和平与安全，为了维护联合

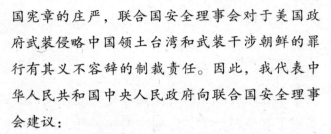

国宪章的庄严，联合国安全理事会对于美国政府武装侵略中国领土台湾和武装干涉朝鲜的罪行有其义不容辞的制裁责任。因此，我代表中华人民共和国中央人民政府向联合国安全理事会建议：

一、联合国安全理事会公开谴责，并采取具体步骤严厉制裁美国政府武装侵略中国领土台湾和武装干涉朝鲜的罪行。

二、联合国安全理事会立即采取有效措施，使美国政府自台湾完全撤出它的武装侵略力量，以保证太平洋的与亚洲的和平与安全。

三、联合国安全理事会立即采取有效措施，使美国及其他外国军队一律撤出朝鲜，朝鲜内政由南北朝鲜人民自己解决，以和平处理朝鲜问题。

最后，我要申明安全理事会主席利用中华人民共和国代表初到成功湖对情况的不熟悉及现在还不是会员国的地位，与美国代表勾结起来，安排了不合理的发言程序，剥夺了中华人民共和国代表首先发言的应有权利，本代表对此表示严正的抗议。

当伍修权愤怒控诉美国侵略中国台湾的罪行时，座位对面的蒋介石集团非法代表蒋廷黻则在那边始终低着头，并用手遮住前额，不让别人看见他的表情，与往日神采飞扬的形象判若两人。

美国代表奥斯汀尴尬地歪着嘴，透出一种无可奈何的神色。

有记者将这一场景拍成了照片和影片，并且在报道中形容说：蒋介石集团的代表"面部带有一种丧家犬的神色"。

在发言的最后一部分，伍修权义愤填膺地说：

> 美帝国主义者现在走的是1895年日本侵略者的老路，但是，1950年究竟不是1895年，时代不同了，情况变了，中国人民已经站起来了。

伍修权慷慨激昂、义正词严地控诉了美国侵略台湾的罪行，整个发言约两万多字，长达两个小时。各国代表、旁听者及新闻界的人士，通过同声翻译听到中华人民共和国代表的发言，全场鸦雀无声。

事后有人对伍修权说，他的演讲，把整个会场给震住了。

伍修权讲演结束后，新闻界纷纷评价中国的行动"是突破，是成功，是胜利"。

毛泽东风趣地说："伍修权大闹天宫了。"

这是联合国的会场上第一次响起新中国外交代表的正义的声音。伍修权的演说反响强烈，会后，许多友好人士拥向伍修权，与他热烈握手，向中国代表团表示欢迎和祝愿。

伍修权后来回忆起当时的情景时，感慨地说：

当时的纪录影片后来在我们国内也放映了，我的孩子看到后说我在会上发言时的样子很"厉害"，同我平时的样子判若两人。我当时倒未有意做什么样子，只是觉得我面对的是世界上头号帝国主义者及其同伙，他们已对我国侵略欺压了100多年，无论是我个人还是亿万同胞的心灵上，都留下了不可磨灭的惨痛记忆。如今我们好容易赶走了外国侵略者打败了国内反动派，美帝国主义者却又处心积虑地图谋颠覆和消灭我们新中国……尽管他们恼怒万分，却只能硬着头皮听着，奈何我们不得。这在旧中国时代是不可想象的，今天却成了现实，这使我更加深刻地体会到了毛泽东同志庄严宣告的"中国人民站起来了"的伟大意义。也正因此，我们有着很大的勇气和信心，在联合国进行着这场艰巨斗争。

在中国代表团刚刚抵达纽约的时候，联合国秘书长赖伊曾对中国代表团说："你们昨天刚来，今天就起了大风暴，我希望这是自然的风暴，不要是一个政治的风暴。"赖伊是话里有话，他是在提醒中国代表团要示弱。

伍修权在会上的慷慨陈词，正好被赖伊说中了，中国代表团这次到纽约，就是要掀起一场"政治的风暴"。因为，中国人民并不畏惧强大的侵略者，我们是站在正义的、和平的一方，有爱好和平的中国人民作为坚强的后盾，有一切爱好和平的国家和人民的声援，我们当然不能向侵略者低头。

伍修权辛辣嘲讽蒋廷黻

1950 年 11 月 29 日，安理会继续开会。这次会议开始是讨论美国污蔑中国的所谓"侵略朝鲜案"。

美国安排南朝鲜的代表朴炳稷第一个发言。中国为了表示抗议，拒绝参加这种讨论，入场后有意不到会议席就座，而坐在大会的贵宾席上，只参加旁听。

朴炳稷发言结束后，蒋介石集团的代表蒋廷黻接着发言。这时，中国代表团为了便于同蒋廷黻进行斗争，又坐回到会议席上，准备伺机予以反击。

蒋廷黻西装革履，一副学者的派头，但在美国代表面前，蒋廷黻唯唯诺诺，失去了作为一个学者应有的尊严和气概。

蒋廷黻缓缓地站起来，看了奥斯汀一眼，然后用一口流利的英语演说起来。

蒋廷黻口口声声说自己"代表"中国，发言时使用的语言却不是汉语，从头到尾用的都是英语。

蒋廷黻说："我认为中共口口声声称他们是中国的代表是没有根据的，真正的代表是中国国民党。"

他接着指出：

中共的代表说美国侵略了台湾。没有，绝

对没有。美国之所以派武装力量进入台湾海峡，是为了维护该地区的安全和平。美国从来都是爱好和平的，从来都没有侵略过中国。这一点连台湾的小学生都知道，他们的课本上清楚地写着：美国是中国人民的好朋友。

此话一出，众座哗然。大多数国家的代表们都对蒋廷黻奴颜卑膝的态度感到惊讶。中国代表们更是感到非常气愤。

伍修权昨天的演说中已经阐明了事实：

　　……

　　国民党反动政府早已土崩瓦解，不再存在了，仅存的一些反动残余分子也已被中国人民从中国大陆上赶走了。如今，仅仅由于美国的武装保护，他们还能在台湾苟延残喘。但中国人民早已唾弃了他们，他们已丧失了代表中国人民任何法律的与事实的根据。中国国民党反动残余集团在联合国的所谓"代表"，只是不久即将完全被消灭的一小撮流亡分子的御用工具，绝对没有代表中国人民的任何资格。

等到蒋廷黻刚说完，伍修权立即作出一个即兴发言：

　　我怀疑这个发言人不是中国人，因为伟大的四万万七千五百万中国人民的语言他都不会讲。

　　听到这句话，汉语翻译唐笙高兴得差点跳起来。由于国民党代表总是用英语发言，弄得她根本无事可做。这次终于有了施展才华，展示民族自豪感的机会，她把伍修权的这句话翻译得顺畅准确。

　　唐笙毕业于上海圣约翰大学，曾在美国新闻处费正清处任职，后去剑桥大学攻下硕士学位后，1947年考入联合国同声传译处，做了4年口译。

　　听到新中国代表在联合国的正义言辞，唐笙感到极为自豪。第二年3月，唐笙就伴夫携子，放弃了报酬颇丰的优渥工作，满怀一腔的报国热情，毅然回归祖国。在随后的日子里，她倾注了大量的心血，为中国的同声传译事业填补了空白。

　　原来，在中国代表团到达纽约之前，在联合国工作的100多位中国雇员曾联名向蒋廷黻请愿，希望他在联大会议和安理会上能用中文发言，以便使这些中文雇员有事情可做，不至于丢掉饭碗。

　　当时蒋廷黻非常傲慢地回答："我信不过你们的英文，所以我还是要讲英文。"

　　新中国的代表团来了，当然要讲中文，所以这些中文雇员都非常高兴。当伍修权发言痛斥蒋廷黻时，这些雇员翻译得非常起劲。

伍修权这句妙语一出，气氛凝重的会场传出一阵笑声。接着，会场上掌声雷动，大家不禁为伍修权机智的表现喝起彩来。

平素能言善辩的蒋廷黻被驳得无言以对，狼狈不堪，脸色十分难看。

伍修权再次怒斥美国暴行

1950 年 11 月 30 日，联合国安理会继续就中国控诉美国侵略台湾案和美国的所谓"中国侵略朝鲜案"进行讨论。

美国代表奥斯汀极力把大家的注意力引到朝鲜问题上，企图通过对他们有利的提案，最后又操纵表决机器，否决中方关于谴责和制裁美国侵略者，美军自台湾和朝鲜撤兵的提议。

对会议的这一无理决定，伍修权再次发言，用美国舰队侵入台湾海峡的事实，朝鲜战争以来美军飞机侵犯我国领空，毁坏中国财产，杀害中国人民的确凿数字，以及第二次世界大战以来，美国支持蒋介石进行血腥内战的历史，责问美国代表。

伍修权在会上义正词严地说：

主席：

在我第一次发言的时候，我已经申明我这一次出席安理会只参加控诉美国武装侵略台湾的讨论，而不参加所谓"控诉对大韩民国的侵略案"的讨论。但是，很奇怪的，美国代表奥斯汀先生在他的两次发言中，不正面来回答我中华人民共和国对于美国武装侵略台湾的控诉。这证明中华人民共和国控诉的理由是颠扑不破的，但他却企图把大家的注意力转移到所谓"控诉对大韩民国的侵略案"的议程上去，以麦克阿瑟的非法报告为根据，用威胁的口吻，提出了一连串诬蔑性的问题。我要告诉奥斯汀先生，这种威胁是吓不倒人的。

我不参加所谓"控诉对大韩民国的侵略案"的讨论，理由是很清楚的。因为朝鲜问题的真相不是别的，正是美国政府武装干涉朝鲜的内政，并严重地破坏了中华人民共和国的安全。美国政府盗用联合国的名义是完全非法的。六月二十七日联合国安全理事会对于朝鲜问题的决议，由于没有中华人民共和国和苏联两常任理事国参加，根本是非法的。在这种情况下，我决不参加那根本荒谬的所谓"控诉对大韩民国的侵略案"的讨论，也完全没有必要回答奥斯汀先生以麦克阿瑟报告为基础的所提出的问题。

接着，伍修权指出美国在朝鲜犯下的罪行：

自从美国政府发动侵略朝鲜战争以来，从八月二十七日至十一月二十五日止，侵略朝鲜

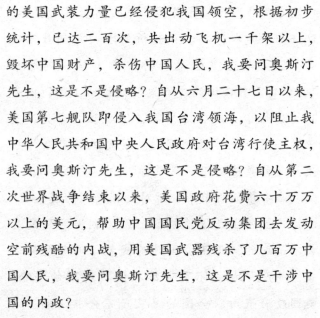

的美国武装力量已经侵犯我国领空，根据初步统计，已达二百次，共出动飞机一千架以上，毁坏中国财产，杀伤中国人民，我要问奥斯汀先生，这是不是侵略？自从六月二十七日以来，美国第七舰队即侵入我国台湾领海，以阻止我中华人民共和国中央人民政府对台湾行使主权，我要问奥斯汀先生，这是不是侵略？自从第二次世界战争结束以来，美国政府花费六十万万以上的美元，帮助中国国民党反动集团去发动空前残酷的内战，用美国武器残杀了几百万中国人民，我要问奥斯汀先生，这是不是干涉中国的内政？

只准帝国主义侵略，不准人民反抗的时代已经过去了。中国人民完全有信心打退敢于侵略中国的一切帝国主义者。

为维持世界和平与联合国宪章的庄严，我再次向安理会要求接受中华人民共和国的建议，以制止美国的侵略战争，保证亚洲及世界的和平与安全。

面对如山铁证，会议全场鸦雀无声，不少代表的目光冷对奥斯汀。

奥斯汀理屈词穷，在真理的威慑下，再也不敢张口发言。

伍修权在联合国安理会的这次发言，轰动了美国和西方世界。在国际社会引起了强烈反响，连一般的美国老百姓也感到非常惊讶，因为毕竟还没有哪个国家在联合国这样谴责过美国人。

当时有一个美国黑人对代表团说：

你们这次发言，是有色人种第一次指着美国人的鼻子谴责他们，告诉他们地球上不仅只有美国人存在，而且还有其他的人居住着，你们的控诉使黑人更有希望了。

11 月 30 日下午，会议要对 3 个提案进行表决，第一个是苏联提的控诉美国侵略朝鲜，第二个是中国控诉美国侵略台湾，第三个是美国等 6 个国家提的所谓中国侵略朝鲜的提案。

由于美国的操控，表决结果，第一个提案 9 票反对，英国投了弃权票。第二个提案跟第一个的结果一样。第三个提案美国等 9 个国家赞成，苏联反对，印度弃权。

前两个提案都没有被通过，而最后一个提案因为作为常任理事国的苏联使用否决权，也作废。实际上，3 个提案一个也没能通过，都被否决了。

会议当中，各国代表都有自己的主意，英国人采取的是"蘑菇"战术，谈到任何问题，都不会很痛快地表态，说话总是又长又绕，一讲就是几个小时，结果却让

人不知所云。

英国人跟美国有一致的利益，但英国人不愿意像其他一些国家那样，什么事情都跟着美国跑，想显示一下自己的地位和独立性。

在会场上，英国代表在跟伍修权接触的时候，总是表现得很客气，彬彬有礼，给人一种很沉稳的印象，不像美国人那样气势汹汹。

中国代表团会外摆战场

1950 年 12 月 7 日，美国操纵联合国多数通过决议，将诽谤中国"侵略朝鲜"的提案列入联合国大会议程。中国在这个提案通过后，愤怒地离开会场。

美国的图谋得逞后，又操纵联合国组织，在 12 月 15 日决定：联合国大会无定期休会，并于 12 月 18 日又通过决定：宣告联合国大会政治委员会也无限期休会。

联大的这些决定，实际上取消了中国利用联合国讲坛同美帝国主义者进行斗争的机会。但是，中国代表团没有放弃任何斗争机会，他们适时地采取了别的斗争方式，把在联合国会场内的斗争，转移到会场以外来。

12 月 16 日下午，中国代表团在联合国所在地成功湖举行记者招待会。

根据中国政府的指示，伍修权对各国记者发表谈话说，我们是为争取和平来的，我们向联合国安理会提出了种种合理建议。

伍修权指出：

> 但是不幸地，虽然并非是出乎意料之外的，联合国安全理事会在美国集团的操纵下，拒绝了我国政府这个合理的和平的建议，对此，我

们表示坚决的反对和抗议。

伍修权说，由于美国政府的操纵，联合国未能继续控诉美国侵略中国案，使我们至今未能就此问题在大会继续发言。同时，伍修权自信地表明：

> 我们以为中华人民共和国的声音是应该被全世界听到的，因此，我把准备在政治安全委员会的发言，在这里分发给大家。同时，我们对于美国政府如此操纵联合国，不让我们有继续发言的机会，表示愤慨。

伍修权最后又通过记者向友好的美国人民表示衷心感谢。深信中美人民定能战胜美国统治集团的侵略政策，使两国人民之间的友谊发展下去。

伍修权最后说：

> 我们历来主张和平解决朝鲜问题，并使朝鲜问题局部化的，故我们坚持一切外国军队撤离朝鲜，由朝鲜人民自己解决朝鲜问题的主张；但美国统治集团却在武装干涉朝鲜的同时实行武装侵略台湾轰炸中国本土并扩大在东亚的侵略。现在在全世界爱好和平的人民都要求和平解决朝鲜问题的时候，美英集团却要在朝鲜保

留侵略军队和侵略行动，继续侵占中国台湾，并对全世界加紧进行其侵略政策和战争政策。这从杜鲁门总统恐吓使用原子弹的声明中，从杜鲁门总统、艾德礼首相的联合公报中，从美国政府宣布将全国处于紧急状态中就可得到证明。并从而可以懂得奥斯汀先生所赞成的在朝鲜首先停战的真正意图就是要求朝鲜人民军和中国人民志愿部队束手，以让美国侵略军在朝鲜继续侵略，就是要求台湾仍然被美国武装侵占，就是要求日本军国主义可以被麦克阿瑟重新恢复起来，就是要求美国人民可以被美国统治集团为所欲为地驱入到战争深渊。这种圈套马歇尔将军曾经帮助蒋介石在中国多次摆布过，故中国人民对之并不生疏，我们愿向世界的善良人民揭穿他们这个诡计。

我国人民热爱和平，热烈希望能在不受侵略和威胁的状况下和平建设自己的国家。我国政府一贯主张用和平的方法解决目前世界上各种重大问题，首先是解决由于美国统治集团武装侵略中国和朝鲜的政策与行动所引起的远东问题。这一次联合国安全理事会虽然在美英集团的操纵之下拒绝了我国和平解决远东问题的基本提案，我们仍将尽一切努力争取远东问题的和平解决，并愿设法劝告中国人民志愿部队被迫与朝鲜人民军一道抵抗美国侵略军的军事行动早日得到结束。

我们这一次来受到美国人民用各种方式表现出来的友谊的欢迎，我们表示恳切的感谢。我们深信，中美两国人民之间的友谊，尽管目前是在受着美国统治集团侵略中国的政策和行动的威胁，但在爱好和平的中美两国人民的共同努力之下，是一定能够贯彻下去的。

在伍修权谈话后，中国代表团就将已事先译成英文的发言稿和各种资料分发给各国记者。

在这些资料中，有证明台湾自古以来就是中国领土的历史材料，还有中国人民解放军自蒋军缴获的美国武器图片集，以及朝鲜战争以来美国飞机对中国轰炸、扫射实况的图册，和其他各种美帝侵华史料。

中国的这次谈话以及散发的文稿资料，被很多外国报刊发表和引用，成为各国人民了解中国立场和态度的一条重要渠道。在当时美国垄断世界舆论的情况，这让世界各国人民真正看清了美国等侵略者的真正面目，增强了世界上正义的、和平的声音，使世界各国人民对我国充满了好感，对一切侵略者充满了憎恨。这为我国赢得了充分的国际友好空间，这也就赢得了正义，赢得了和平、赢得了声援，有了这样的坚强后盾，我们当然不会畏惧一切侵略者。

针对联合国大会已经无限期休会，中国政府发表声明说：

> 伍修权将军及其随员已无留在成功湖的必要，故已命令伍修权将军等于本月 19 日起程回国。

至此，中国代表团历时 47 天、在美国 26 天的联合国之行胜利结束。

国内各界声援中国代表团

1950 年 11 月，在中国代表团抵达纽约后，周恩来就开动国内的宣传机器声援他们，国内报纸在显著位置连续发表有关代表团活动的消息、文章和图片。

在联大会议期间，代表团除了同一些与会国家代表有外交往来，还同有的美国进步人士进行了友好接触。

除了一些友好人士来拜访代表团，还有一些大公司的推销员找他们拉生意。代表团通过他们买了一点国内有用的东西，其中有不少资料性书籍，单是大百科全书就有几部。

在这段时间内，代表团工作相当紧张，但他们团结一致，每人按照分工，工作很有秩序。有的发言稿及有关资料，是到纽约后临时写出的，写完后发回国内审查。国内的工作人员修改完稿后，日夜加班地翻译和打印。

代表团在联合国紧张地展开工作的时候，朝鲜战场上正打得激烈异常。装备着飞机、坦克等现代武器的"联合国军"正在向中朝军队发动进攻。

尽管美军有先进的武器，但还是被志愿军和朝鲜人民军打得一败涂地。

战士们个个英勇奋战，歼敌美陆战一师及步兵第七师 1.3 万多人，迫使其从海上逃窜。12 月 24 日，我军收复元山、兴南地区及沿海各港口，完成了伟大的战略任务。

由军长彭德清、政委刘浩天指挥的第二十七军在围歼新兴里美步兵第七师第三十一团时，创造了全歼美军一个整团的纪录。

彭德怀说，在抗美援朝战争中也只有这一次，其余都是消灭营的建制多。

在西线，志愿军总部原来确定以两个军和两个师实行战略迂回任务，但因为粮食困难，只好减少了两个师。在敌人被迫实行总退却时，中国军队没有连续追击，就是因为携带的粮食弹药急需补充。

当时，有的部队开始喝稀饭，吃苞米，有的部队已是赤脚行军。

到第二次战役结束时，志愿军后勤剩下的汽车，只相当于美军两个步兵团的运输工具。第九兵团路过东北地区时，已准备了冬服，但来不及换装，只是在军车路过车站时装上一部分。

有的有衣服没有帽子，有的有帽子没有鞋子，冻坏耳朵和脚的相当普遍。部队过江后，急速前进，后勤分部的同志有时运去粮食找不到部队，部队却没有粮吃。

尽管运输供应状况的极端困难，影响了胜利的圆满，但是这次战役沉重打击了敌军主要集团，歼灭了敌有生力量3.6万多人，收复了三八线以北广大地区，并解放了三八线以南的瓮津、延安半岛，迫敌退到三八线以南转入防御，从而扭转了朝鲜战局。

毛泽东在中国人民政治协商会议第一届全国委员会常务委员会第三十八次会议上说：

> 这次战争，我们本来存在三个问题：一、能不能打；二、能不能守；三、有没有东西吃。能不能打，这个问题两三个月就解决了。敌人大炮比我们多，但士气低，是铁多气少。

这次大捷，中国声威大震，有力地配合了我国代表团在联合国大会上的斗争。

志愿军在两个月中连战皆捷，打破了美国军队不可战胜的神话，对中朝两国人民和世界上一切爱好和平的人民是极大的鼓舞。

由波兰回国的著名经济学家马寅初说：

> 我在华沙出席世界保卫和平大会，当解放平壤的捷报传到会场时，80多个国家的3000多名代表，立即向中国代表团欢呼"毛泽东万岁"，并热烈鼓掌达15分钟之久。

这次大捷，大灭美军威风。美联社、合众社痛声疾呼：这是美军历史上"最丢脸的失败"，"最黑暗的年月"。

美国会参、众两院对麦克阿瑟兴师问罪，辱骂这位五星上将是"最坏的笨蛋"，"蠢猪式的司令官"。

美国前总统胡佛承认，"美国在朝鲜被共产党中国击败了"。杜鲁门总统急忙召开国家安全委员会特别会议，研究"这场灾难性的失败"所带来的危局。

这时，伍修权正在联合国发言，谴责美国军队在朝鲜的罪行。美军的大溃败，导致美国统治集团内部的分歧和混乱。

美国本来希望利用中国代表团到联大发言的机会，同中国进行接触，看看是否有妥协的可能，但是中国代表团态度强硬，公开斥责美国的侵略行径。

朝中军队在战场上打得越好，中国代表团在联合国的态度也越强硬。有英勇的战士做代表团的后盾，他们同样无所畏惧，坚决奋战。这两场战争，美国都溃败了。

党和政府特别重视代表团在联合国的行动，除了对他们作许多直接的指示和支持外，国内的报纸还以显著位置，连续发布代表团活动的消息、文章和图片。

《人民日报》专门发表了几篇社论，比如伍修权于11月28日在安理会的首次发言，30日《人民日报》和全国各报，都从1版到2版用大字标题整版地刊登了有关消息和发言全文。

《人民日报》在社论中开头就说：

我国特派代表伍修权，在联合国安全理事

会上控诉美国武装侵略台湾的声明，反映了我国人民为保卫祖国独立与世界和平而奋起反对美国侵略的坚强意志，同时也反映了世界各国人民日益高涨的要求和平的正义呼声。它与我国人民抗美援朝志愿部队在朝鲜前线的英勇作战，同是对于制止美国扩大侵略战争，与维护远东和平具有重大意义的举动。

一些工人说："伍修权同志真是我们的好代表，他的话就像是我要说的话一样，读完后，心中就像出了一口恶气，痛揍了美帝一顿似的。"

一些大学教授说，中国"在国际会议上的叩头外交一去不复返了，中国人民的真正意志已从自己代表的言语中充分表达出来"。

青年团中央也发表声明，说代表团的发言"是近百年外交史上表现了中国人民正气和民族尊严的文献，使得美国帝国主义万分狼狈，除了使用表决机器作否决外，更无词答辩……"

在北京的工厂、机关和学校中，伍修权代表的发言正被人们以极兴奋的情绪和热忱拥护的言语欢迎着。

北京机器总厂修理班工人董俊卿认为："我国代表在安理会上的发言，大大打击了帝国主义的气焰。"工人高延昌说，伍修权代表的声音，更鼓舞了他工作的精神。

工人们一致支持发言中的 3 项建议，要严厉制裁美帝侵略罪行。

北京市文物工作者工会代表900多个会员，表示衷心地拥护这篇控诉，他们决心要做好文物展览工作，唤起人民一同来支持它。

北京协和医学院工会也写信给人民日报，表示热烈的拥护。

北京师范大学学生会以《必须迅速判决美帝国主义者》为题发表声明，坚决以继续宣传抗美援朝保家卫国等实际行动支持伍修权代表的发言。师大校长林砺儒指出："这样的发言不但是对帝国主义者强有力的打击，而且是富有历史性的文件，全校师生要热烈拥护和学习它。"

青年团华北大学工学院总支部全体团员，于12月2日写信给伍修权代表，表示拥护和将以全力支持他的发言。

北京工商联合会筹委会发表声明，热烈拥护伍修权代表发言。认为他全部发言中的每一个字和每一句话，都是全中国人民和全世界进步人类的正义呼声。

中南及武汉市总工会发表声明称："我们完全拥护伍修权代表的发言，我们严正表明：我们全中南的300万工人和武汉26万工人绝不害怕美帝国主义的任何侵略，我们一定要解放台湾。"

伍修权的慷慨陈词不仅受到中国国内各界的赞扬，而且还受到国外媒体的好评。

莫斯科《真理报》的国际评论家科里奥诺夫于 12 月 2 日在一篇评论文章中写道：

> 联合国中第一次响彻着真正的中国人民代表的声音，这个声音所代表的政府，其稳固与人民对它的拥护在中国历史上是无比的。
>
> 中国代表伍修权在安全理事会中的演说，是对发动战争侵略中国及其他亚洲人民的美帝国主义的真正的控诉。中国代表根据无可辩驳的事实，证明了在很长的时间内美帝国主义者一直在对中国实行侵略政策……

中国代表团的正义言辞不仅提高了中国的国际影响力，还提升了中华民族的自尊心，并增强了民族凝聚力。新中国在光明的道路上继续前行。

四、 中国代表团震撼全世界

● 伍修权向周恩来汇报说："我们是在强大的
新中国出现以后去出席安理会的。"

● 伍修权说："全世界爱好和平的人民都认为
我们的控诉不仅是代表中国人民的呼声，而
且也是代表全世界被压迫人民的呼声。"

● 周恩来复电联大第一委员会主席："中华人
民共和国代表伍修权的上述发言稿和这一复
电，应由联合国秘书处宣读，并请作为正式
文件印发。"

伍修权在北京机场发表演说

1950 年 12 月 16 日，就在中国代表团准备起程回国的时候，美国政府宣布冻结中国在美国的所有资产，包括全部存款。

当时，代表团带到美国的经费也存在当地的银行里，不过因为即将回国，代表团大部分的钱已经取出，最后只有 680 美元被冻结在那里，没有造成多大损失。

为了能让中国代表团赶回祖国欢度春节，周恩来专门通知驻伊尔库茨克的中国民航办事处，要那里的中国民航机留出几个位置，等代表团赶到伊尔库茨克以后起飞。

在周恩来的直接关怀下，伍修权等人在新年前夕顺利地回到了祖国首都北京。

事隔 10 多年后，伍修权回忆说：

当我们飞回祖国的时候，天气格外明朗，我们在西伯利亚的上空，就看见光芒万丈的太阳正从我们祖国的大地上冉冉升起。这是一种象征，它预示着新生的中华人民共和国和人民民主世界正在崛起，世界上的条条大路都在走向人民的胜利。

在代表团回国的同时，一架美国空军飞机从美国起飞前往远东。

机上坐着的是美国的李奇微将军。与伍修权和中国人民的愉快心情截然相反。李奇微脸色铁青，不言不语。他极不情愿地接受了五角大楼的命令。

由于第八集团军司令沃克在朝鲜战争的第二次战役失败后，在率领他的部队溃逃时在车祸中丧生，李奇微将前往朝鲜前线接替第八集团军司令的职务，但等待他的仍是失败的命运。

中国代表团终于回国了。他们像凯旋的英雄一样受到中国人民的热烈欢迎。

1950 年 12 月 30 日 16 时，北京机场传来飞机的轰鸣声，伍修权他们乘坐的飞机徐徐降落在机场。

中华人民共和国特派代表伍修权和顾问乔冠华及其助理人员等返抵北京。

前往机场欢迎的人有：郭沫若、陈叔通、沈钧儒、黄炎培、张闻天、邵力子、马叙伦、梁希、章伯钧、罗隆基、张奚若、廖承志、朱学范、齐燕铭、章汉夫、许广平、荣高棠、聂维庆、薛子正、王炳南及各机关团体代表共约 200 多人。

当伍修权代表和顾问乔冠华及其助理人员等下机时，欢迎者纷纷趋前，向他们献花和握手。

郭沫若代表中国人民保卫世界和平反对美国侵略委

员会致欢迎词。

郭沫若在向伍修权代表、乔冠华顾问等表示了全中国人民所共同拥有的热烈的欢迎和慰问之后，热情洋溢地说：

> 我们的特派代表在成功湖和苏联代表并肩作战，把美国和它的仆从国的外交阵线打得落花流水。

郭沫若接着指出：

> 我们中国人民反对美国侵略和保卫世界和平的坚强意志，感谢伍修权代表负责的传达，已经响遍全世界。尽管安全理事会在美帝国主义挟持之下，拒绝了我们的正义主张，但是全世界人民都是看得清清楚楚的：美国是侵略国，应该受惩罚，同时也正在受着惩罚。我们中国人民的正义行动是得到全世界人民一致的热烈支持的。

郭沫若强调指出：

> 朝鲜人民是一定要得到全面胜利的。台湾同胞是一定要得到彻底解放的。日益壮大的和

平阵营是一定要压倒侵略阵营的。美帝国主义者为它自己所掘的坟墓已经快要挖成功了。

郭沫若致欢迎词结束后，伍修权代表在欢迎群众热烈高呼"中国人民伟大的胜利万岁！""全世界持久和平胜利万岁！"等口号声中致答词。

伍修权代表说：

我们带着中华人民共和国中央人民政府和全国人民的意志和希望到联合国安全理事会，控诉了美国侵略我国领土台湾，和轰炸我国东北边境的暴行。我们在安全理事会提出了中国人民合理的要求。虽然由于美国的操纵，我们中国人民的合理要求被否决了，但是，我们中国人民正义的要求在联合国得到了苏联和各人民民主国家的拥护和赞助；同时也得到全世界人民的拥护和赞助；也得到美国爱好和平人民的拥护和赞助。

伍修权激动地说：

全世界爱好和平的人民都认为我们的控诉不仅是代表中国人民的呼声，而且也是代表全世界被压迫人民的呼声。

随后，伍修权开始讲述中国代表团在美国受到美国人民热烈欢迎的情形。

伍修权说：

我们到纽约的第二天，恰巧碰到了一场大风暴。我们看见当时纽约一切都昏暗的气氛，它正象征着帝国主义的死亡就要到来。然而，当我们今天起飞回国的时候，正是十分好的天气，我们看见光芒万丈的太阳正从西伯利亚和我们祖国的大地上升起，它正象征人民民主的世界正在新生，世界上的条条道路都走向人民的胜利。

回国后，伍修权立即向周恩来作口头报告，汇报这次联合国之行的情况。

周总理详细询问代表团在联合国的各方面情况，鼓励伍修权说：

伍修权同志，你作为中华人民共和国第一个到联合国的代表，在国际讲坛上当面痛斥了美帝国主义，阐明了我国政府的立场和政策，其影响和作用都是很大的，也为我们以后的外交斗争提供了经验，祝贺你及代表团所取得的成功。

新中国代表在联合国的第一次亮相，在世界上引起巨大轰动。

当时，美国各大报刊均刊登了中国代表发言的消息和演说的内容摘要，并称：

美国人民的目光都转到了成功湖。

伍修权在联大对美国侵略台湾的控诉，义正词严，理直气壮，最重要的是面对面指着美帝国主义的鼻子直斥其罪行，不但在中国是第一次，在世界上也是第一次。

伍修权的言行极大地振奋了中华民族的自豪感，特别在海外侨胞中引起了巨大的反响。

一些著名的华人海外学者，如吴仲华、李铁铮等，甚至包括蒋介石集团派驻纽约的总领事宗维贤，从伍修权的发言中对新中国有了深入了解，毅然作出返回大陆的决定，回到了祖国怀抱。

美国代表奥斯汀承认，中国代表伍修权的发言，使"我的政府感到不愉快"。

那位在会场故作镇静的反共老手杜勒斯则声称自己当时"被一种悲哀的情绪支配着自己的感情"。

伍修权率新中国的代表团亮相联合国，是新中国成立后第一次在联合国讲坛上同世界头号强国美国展开面

对面的斗争，标志着中华人民共和国开始登上影响世界形势的国际舞台，是战后国际政治中的重要事件。

中国代表团在联合国讲坛上，当面痛斥了美帝国主义者的侵略罪行，郑重地阐明了中国政府的坚定立场和政策，不仅在国际上产生了巨大的反响，同时，也为以后开展同美帝国主义和霸权主义的政治斗争，提供了一定的经验。

代表团回国受到热烈欢迎

1951 年元旦之前，以伍修权为团长的中国代表团回到北京。

几天后，周恩来和刘少奇听取代表团的口头汇报。

伍修权在汇报中说：

我们是在强大的新中国出现以后去出席安理会的。在去参加会议以前，我们长年埋在工作中，对于外界如何看我们的胜利，我们的胜利如何伟大，在国际上起着怎样的影响，没有明确的印象，即所谓旁观者清，当局者迷。这次出去，走了两万英里后，知道国际上无论敌友，对我们革命的胜利都非常重视。朋友以高度的热情来接待我们，敌人以惊奇恐惧的态度来看我们……

我们看见资本主义国家人物代表究竟采取怎样的态度呢？我们的举止行动是采取鲁迅先生的原则，就是：横眉冷对千夫指，俯首甘为孺子牛。我们对普通老百姓很客气，但见到帝国主义的代表就最凶，所谓以牙还牙，对帝国主义是值得傲慢的。当然，领导上也嘱咐，不要到处都采取这种态度。在大的场面是表示傲慢，要装腔作势，在小的场合就是客客气气，对内要团结，则是老老实实，随随便便，对敌人就要瞪着眼睛横着眉毛来对付，这是我们行动的准绳。

周恩来和刘少奇对代表团的各项活动表示赞赏，指示对这次联合国之行要广为宣传。

在 1951 初的一段时间内，代表团的人员应全国政协、和平委员会及北京大学等许多单位的邀请，先后作过多场报告。

中国的首次联合国之行，在诞生刚满 1 年的新中国，成了万众瞩目的一件大事。

全国各地人民纷纷发表谈话和声明，表示坚决拥护与支持伍修权在安理会上的发言。

中国全国总工会西南办事处及重庆市总工会筹委会、新民主主义青年团西南工作委员会、西南妇女工作委员会、西南学联筹委会等人民团体联合发表谈话称：

伍修权代表在安理会上的发言，充分地代表了中国人民的坚决意志，并向全世界人民宣布了美帝国主义的一切阴谋，控诉了美帝国主义侵略台湾的无耻罪行。我们代表西南千千万万的工人、青年、学生、妇女表示坚决拥护，并要求联合国接受伍修权代表提出的三项建议，采取有效行动制裁美帝国主义的侵略罪行。

重庆市各民主党派的地方组织联合发表书面谈话说：

> 我们完全赞同伍修权代表的主张，并决以扩大抗美援朝保家卫国运动的实际行动作为有力的支持。

新民主主义青年团云南工作委员会及昆明市工作委员会联合发表谈话，号召云南全省青年以实际行动参加政务院及人民革命军事委员会所决定的各种军事干部学校，建立强大的国防力量，以粉碎美帝国主义的侵略。

东北旅大总工会、新民主主义青年团旅大市委会等人民团体都发表谈话，一致认为：联合国安理会只有接受我国代表伍修权提出的三项建议，才能保证太平洋和亚洲的和平与安全。

台湾民主自治同盟旅大特别支部主任委员简仁南说：

> 不管美帝国主义制造什么样的阴谋，要想阻挡我国人民解放自己的台湾是万万不可能的。

华东及中南各地人民继续表示拥护伍修权代表的发言。

上海市总工会代表上海 100 万工人发表声明说：

我们誓以一切力量支援我国人民志愿部队，并进一步开展爱国主义的生产竞赛，加强冬防工作等实际行动，支持我代表伍修权提出的三项建议。

西北、华北等地的人民也都表示拥护伍修权代表的发言。西北及西安市 19 个民主党派、人民团体都发表了声明，一致表示：西北人民决以实际行动来支持伍修权代表的发言。

华北山西省总工会特致电伍修权代表表示拥护，电文称：

我们决以深入开展爱国主义的生产竞赛，来表示对你的发言的坚决拥护。

中华全国文学艺术界联合会及所属中华全国文学工作者协会、中华全国戏剧工作者协会、中华全国电影艺术工作者协会、中华全国音乐工作者协会、中华全国美术工作者协会、中华全国舞蹈工作者协会、中华全国戏曲改进会、中华全国曲艺改进会等八个全国性的文艺团体，联合发表声明，表示坚决拥护我国出席联合国安理会特派代表伍修权的控诉。

该声明称：全国文学艺术工作者坚决拥护我中华人民共和国代表伍修权在联合国安理会上对于美帝国主义武装侵略我国领土台湾的发言。我们坚决反对帝国主义所操纵的非法的无理的否决。中国人民所提出的严正要求，不至完全实现，是不会中止的。

声明指出：台湾是中国的领土，乃是铁一般的事实。中国人民对于美帝国主义侵略台湾这种强盗行为是绝不能容忍的。我们文学艺术工作者誓以一切力量支持我代表伍修权对美帝罪行的控诉，中国人民在毛主席和中国共产党领导下，有决心和信心，打败敢于侵略中国的美国帝国主义者。

中国代表团惹恼杜鲁门

1950 年 11 月，新中国代表在联合国的第一次亮相，在世界上引起巨大轰动。联合国大会上第一次响彻了新中国人民代表的声音。

1950 年 11 月 28 日，伍修权在联大对美国侵略台湾的控诉，理直气壮，增长了中国人民的志气。

他在会上用高昂的声音说：

美国总统杜鲁门在指使南朝鲜李承晚傀儡政府制造朝鲜内战之后，于 1950 年 6 月 27 日即发表声明：宣布美国政府决定以武力阻止我中华人民共和国中央人民政府解放台湾，同时，美国武装力量便奉杜鲁门总统之命大量地公开地侵入台湾，执行美国政府以武力阻止我中国人民解放军解放台湾的政策。

我中华人民共和国中央人民政府当于 1950 年 6 月 28 日发表声明，指出美国总统杜鲁门 1950 年 6 月 27 日的声明和美国武装力量的行动，乃是对于中国领土的武装侵略，对于联合国宪章的彻底破坏。中国人民不能容忍美国政府这种野蛮的非法的犯罪的侵略行为。

1950 年 6 月 25 日，朝鲜战争一打响，27 日美国总统杜鲁门就发声明，一是派兵到朝鲜，一是宣布派第七舰队到台湾海峡巡逻，实行军事上占领台湾。

伍修权所说的"这种野蛮的非法的犯罪的侵略行为"，正好击中杜鲁门的死穴。

杜鲁门得知伍修权在联合国上对美国的控诉后，坐立不安、恼羞成怒，称伍修权的发言"猛烈而完全荒谬"。

1950 年 11 月 30 日，杜鲁门在记者招待会上口不择言地向中国发出威胁说，美国有可能使用原子弹！

11 月 30 日，杜鲁门在华盛顿白宫，举行记者招待会，遭到连珠炮似的提问。

《纽约时报》记者安东尼·莱维罗问："总统先生，进攻中国东北是否有赖于在联合国的行动？"

杜鲁门答："是的，完全是这样。"

莱维罗问："换句话说，如果联合国授权麦克阿瑟将军向比现在更远的地方推进的话，他会这样做吗？"

杜鲁门答："我们将采取任何必要的步骤，以满足军事形势的需要，正如我们经常做的那样。"

《纽约每日新闻》记者杰克·多尔蒂问："这是否包括使用原子弹？"

杜鲁门答："这包括我们拥有的任何武器。"

《芝加哥每日新闻》记者保罗·利奇问："总统先生，

你说的'我们拥有的任何武器',是否意味着正在积极考虑使用原子弹?"

杜鲁门答:"一直在积极考虑使用原子弹。我不希望看到它。这是一种可怕的武器,不应将其用之于和这场军事入侵毫无关系的无辜的男人、妇女和儿童。而如果使用原子弹就会发生那样的事。"

杜鲁门对待中国的态度,在朝鲜战争开始的时候就已经非常鲜明了。

1950年6月25日,当朝鲜战争猝然爆发的消息传到华盛顿后,美国总统杜鲁门于27日宣布了3项紧急措施:

1. 命令远东美军司令麦克阿瑟将军以所能动用的全部武器弹药供应南朝鲜军队。

2. 撤出500人的美国军事顾问团。

3. 命令第七舰队进入福摩萨(即台湾)。

1950年11月30日,杜鲁门发表《关于朝鲜局势的声明》,表示要继续扩大战争,并准备使用原子弹。

顿时,英、法、联邦德国感到大事不妙。

于是,英国首相艾德礼宣布立即访美,会谈双方所遇到的问题。

在会谈中,杜鲁门和艾德礼表示他们的侵略军将不顾全世界人民的把一切外国军队撤出朝鲜的正义呼声,而继续留在朝鲜。

双方发表的会谈公报称：

> "联合国军"是根据联合国的授权，并应联
> 合国的建议而被派入朝鲜的。"联合国"并没有
> 变更其授予他们的使命，我们两国的军队仍将
> 继续履行他们的责任。

因此，中朝人民军队必须不懈地给敌人以沉重打击，
才能使敌人缩回侵略的血手。

杜鲁门和艾德礼会谈的公报，用海盗式的口吻宣布
帝国主义者坚持要武装夺取中国台湾省。他们公然抛弃
《开罗宣言》和《波茨坦公告》，把中国领土台湾掠为
己有。

他们说："我们一致认为：这个问题（所谓'福摩萨
问题'）应该用和平办法并且循着保障'福摩萨'人民
的利益及维持太平洋和平与安全的保障，来加以解决。
并认为联合国对这个问题的讨论，将有助于这些目的的
实现。"

杜鲁门和艾德礼会谈的公报宣布美国政府继续反对
中国出席联合国。

该公报称：

> 美国过去反对，现仍继续反对中国的代表
> 获得联合国中的席位。

在这里，美国政府又一次证明了它对于中国人民的敌视。由此可见，中华人民共和国作为全中国人民的合法代表一年多来，始终被拒于联合国门外，正是由于美国政府操纵阻挠的结果。

美国帝国主义者及其同谋不仅要继续强占中国台湾，还要继续加强反对我国的包围圈。

公报称：

共产党对朝鲜的侵略增加了对亚洲国家的安全与独立的威胁。我们重申我们打算继续帮助它们。

然而，杜鲁门和艾德礼会谈的公报充满着不可调和的矛盾。中朝人民奋起反抗，打退了帝国主义国家的一次次进攻。

在杜鲁门曝出不惜使用原子弹进攻中国的消息后，白宫新闻办公室立即发布了一份"澄清声明"，解释杜鲁门"并不是说已经决定要使用原子弹"。

但是，美国记者已经把杜鲁门的这番话飞快地传遍了全世界，并且引起了世界舆论的大哗。很多国家对杜鲁门的话表示震惊。

人们普遍认为，杜鲁门的话意味着，麦克阿瑟已经领受了总统的授权，可以随心所欲地使用原子弹了。

1950 年 11 月末，通过前线的战局和伍修权在联合国安理会上言辞犀利的发言，中国给美国制造了很大的压力。这样，美国政府内部在朝鲜战争和怎么对待中国的问题上，开始有了不同的意见。

伍修权的严正控诉，中朝人民的奋起作战，无疑都是正义行为。杜鲁门的话，是吓不倒热爱和平的人们的。

毛泽东说不惧美国核威胁

1950 年 11 月 28 日，伍修权在联合国控诉美国暴行，引起很多国家的共鸣。

有些报纸事后评论说"人民中国的外交强硬，绝不折服"，"红色中国确有一股正气，这是蒋介石政府所不能望其项背的。"

伍修权的话使杜鲁门气急败坏，他不计后果地抛出了使用原子弹的言论。

毛泽东曾说过："原子弹是吓不倒中国人民的。"

后来，毛泽东在接受芬兰首任驻中国大使孙士敦递交国书时谈到：

今天，世界战争的危险和对中国的威胁主要来自美国的好战分子。他们侵占中国的台湾和台湾海峡，还想发动原子战争。我们有两条：第一，我们不要战争；第二，如果有人来侵略我们，我们就予以坚决回击。我们对共产党员和全国人民就是这样进行教育的。美国的原子讹诈，吓不倒中国人民。

我国有六亿人口，有九百六十万平方公里的土地。美国那点原子弹，消灭不了中国人。

即使美国的原子弹威力再大，投到中国来，把地球打穿了，把地球炸毁了，对于太阳系说来，还算是一件大事情，但对整个宇宙说来，也算不了什么。

美国的原子讹诈没有吓到中国，倒是西方国家被杜鲁门的莽撞言辞吓到了。

得知杜鲁门的言论后，英国议会由此引发轩然大波，美国大使馆称，"这是1945年工党上台以后下议院就外交事务所进行的最为激烈、焦虑和负责的辩论。"

大约100名英国工党议员在一封递交给艾德礼首相的信上签名，反对在任何情况下使用原子弹。

联合国大厦内，西方国家的大使极为震惊。他们与英国人同样有"巨大的担心"。

杜鲁门考虑使用原子弹讲话一结束，欧洲驻联合国的各国大使就围住奥斯汀，许多人"眼泪汪汪"地询问奥斯汀是否有机会避免战争的扩大。

此时，欧洲还在二战留下的阴影中，他们害怕爆发新的战争。而且他们认为，苏联才是对欧洲的真正威胁，现在美国人不顾在东欧陈兵数百万的苏联的巨大威胁，还要在"一个不可思议的时间和可能出现最困难的战略条件下，把他们拖进亚洲战争的泥潭"。

几分钟后，杜鲁门有关使用原子弹的发言迅速被合众社和美联社传播出去，整个资本主义世界都惊呆了：5

年前，两颗小小的原子弹就炸死了 20 万日本人。

现在，苏联也有了原子弹，而美国原子弹的使用权如杜鲁门所说已经落入麦克阿瑟之手。如果真打起核战争来，世界都将毁灭！整个"自由世界"陷入了恐慌。

为了挽回杜鲁门的失言造成的严重后果，美国国务卿艾奇逊立即召集起一些官员，成立了所谓的"危害控制小组"，发表声明：以白宫新闻办公室的名义向广大人民群众保证没有总统的授权，核武器不能使用，核武器的使用情况也不会因为一次总统记者招待会上发生的意外而改变云云。

但覆水难收，艾奇逊的声明效果并不显著。在西欧各国，杜鲁门原子弹威胁所引起的恐慌最为严重：如果美苏之间爆发核战争，首先遭受苏联核打击的就将是西欧。

最紧张的是英国人，100 多名英国议员在交给艾德礼首相的抗议信上签名，坚决反对在"任何情况下使用原子弹"。

连最有名的反共主义者、前首相丘吉尔也站在反对者行列。丘吉尔认为，扩大亚洲的战争会削弱欧洲的防御力量，威胁英国的安全。

面对空前巨大的压力，艾德礼飞赴华盛顿与杜鲁门会晤。艾德礼认为，联合国除了谈判撤出朝鲜外没有出路，甚至连台湾占据的联合国中的中国席位也可以让给北京。

杜鲁门则坚决不放弃南朝鲜和台湾或是让北京取得联合国的席位。他扬言："除了教训一下中国，什么都不欠他！"

经过一阵争吵，艾德礼飞回伦敦，得到了杜鲁门"不使用原子弹"的承诺，同时也与美国在朝鲜问题上勉强达成共识：

　　　　在军事上被赶出去之前，要驻留在朝鲜，
　　而且在局势好转之前，不同中国进行谈判。

刚把自己点燃的火熄灭，杜鲁门又想到脾气古怪的麦克阿瑟，他不但不反省自身的指挥错误，还在不停打电报给华盛顿，告之自己"面临灭顶之灾……"要求大批增援，同时却召开记者招待会颠三倒四地说："华盛顿的官僚们惊慌失措是没有道理的，我的部队不是失败，而是进行一次巧妙的撤退……"

面对美军在朝鲜越陷越深的悲惨境地，杜鲁门不知如何是好。

这样，1950年11月末，通过前线的战局和伍修权在联合国安理会上言辞犀利的发言，中国军队给美国制造了自珍珠港事件以来又一次空前的压力。

美英高层已经显现出了慌乱的神色，随着时间进入1950年12月，东线的中国第九兵团继续围攻美陆战一师，西线的中国第十三兵团则从清川江边南下。直逼北朝鲜的心脏：平壤。

另外，杜鲁门在记者招待会上的讲话，大大激发了新中国领导人搞出自己尖端武器的决心。

很快，中国就开始着手研制核武器。

杜鲁门没吓倒中国人，倒把欧洲人吓坏了。

联大印发伍修权发言稿

1950 年 12 月 16 日，伍修权在联合国的记者招待会上分发了他准备在联合国大会上的发言稿。

1951 年 2 月 2 日，联合国大会第一委员会主席乌但尼塔·阿彼拉兹致电周恩来，称该委员会已于 2 日下午开会继续讨论《苏维埃社会主义共和国联盟控诉美利坚合众国侵略中国》案，下一次会议定于 2 月 6 日举行。

周恩来于当天复电阿彼拉兹指出，第一委员会在美国政府操纵之下，非法通过美国诬蔑我国提案之后，突然于 2 月 2 日恢复对苏联控诉美利坚合众国侵略中国的讨论，而事先并没有通知中国政府，以致中国代表不可能出席参加讨论，这是完全不合理的。

周恩来提出：在第一委员会 1951 年 2 月 6 日的会议上，中华人民共和国代表伍修权送交联合国秘书处的发言稿和这一复电应由联合国秘书处宣读，并请作正式文件印发。

周恩来在电文中说：

美国纽约联合国秘书处转联合国大会第一委员会主席乌但尼塔·阿彼拉兹先生：

一九五一年二月二日你的（五六）来电，

谨悉。

　　一九五零年十一月二十四日联合国大会第一委员会曾通过邀请中华人民共和国代表出席参加讨论对美利坚合众国侵略中国控诉案。中华人民共和国中央人民政府接受了第一委员会的邀请，任命了出席安全理事会会议特派代表伍修权兼任出席第一委员会参加讨论该案的代表。但是，由于美国政府的操纵，第一委员会中断并拖延了对美国侵略中国控诉案的讨论。我国代表等待了很长的时间，始终没有得到说话的机会，因此不得不于一九五零年十二月十九日离开纽约返国。在返国以前，伍修权代表已将其准备在第一委员会发表的关于支持苏联控诉美国侵略中国的发言稿交给联合国秘书处一份。

　　现在，第一委员会在美国政府操纵之下非法通过美国诬蔑我国提案之后，突于一九五一年二月二日恢复对苏联控诉美利坚合众国侵略中国案的讨论，而事先并未通知我国政府，以致我国代表不可能出席参加讨论，这是完全不合理的。这是美国政府操纵联合国机构又一新的诡计。我现在向你正式提出：在第一委员会一九五一年二月六日的会议上，中华人民共和国代表伍修权的上述发言稿和这一复电，应由联合国秘书处宣读，并请作为正式文件印发。

特此电达，希即查照。

中华人民共和国中央人民政府外交部部长

周恩来

一九五一年二月四日于北京

联合国大会政治及安全委员会于 1951 年 2 月 6 日决定将伍修权的发言稿作为正式文件印发。

伍修权的发言稿根据以下事实，控诉美国对中国的干涉、侵略和敌对的行动：

一、美国政府积极援助台湾蒋介石集团，指使它对中国海岸进行封锁，对中国沿海城市进行轰炸。

二、美国政府百般阻挠中华人民共和国恢复在联合国和盟国对日委员会的合法席位。

三、美国积极武装日本，阴谋单独对日媾和，以便独占日本，从而把日本变为矛头指向中国的侵略战争的军事基地。

四、美国政府在太平洋建立起一个庞大的军事基地网，这个基地网自阿拉斯加的美军基地开始，经过阿留申群岛、日本、琉球、朝鲜、台湾、菲律宾、越南，一直伸展到泰国，对中华人民共和国造成包围的形势。

伍修权从联合国回来后，美国的侵略行为受到世界各国的指责。到 1951 年 4 月 21 日，美国侵略军只推进了

100 多公里，却遭到 7.8 万余人被消灭的严重损失。

中朝人民军队对美国侵略军的沉重打击，使美国统治集团内部和整个帝国主义侵略阵营内部在有关朝鲜问题上，争吵得更加剧烈。

追随美国参加朝鲜战争的国家，尤其是英国，对美国进行公开责难。

当美国侵略军重占汉城，复审三八线附近时，英国、加拿大、澳大利亚和印度先后表示所谓"联合国军"不要再越过三八线，以免遭到更大的打击。美国为取得英国等的支持，"保证"非经与各有关国家协商不会向中朝边境发动攻势。

1951 年 3 月 24 日，麦克阿瑟发表对中国人民的挑战声明，威胁要把朝鲜战争扩大到中国境内来。

麦克阿瑟的声明暴露了美国准备再次进攻中国的侵略意图。

英国、法国害怕美国把自己牵扯到对中国的侵略战争中，就麦克阿瑟的声明向美国政府提出非正式抗议，同时要求撤换麦克阿瑟。

麦克阿瑟曾主张在侵略战争中动用台湾国民党军队，这同杜鲁门有分歧。在扩大战争至中国问题上，杜鲁门、艾奇逊也有分歧。

杜鲁门告诉艾奇逊，必须寻找一种既能保住面子又能停止战争的办法。经过权衡利弊，美国军政首脑们得出了继续而不扩大战争的几个原则。战略重点在欧洲，不能卷入亚洲的持久战争，不向朝鲜增派军队，保持三八线的稳定，恢复三八线战前的状态。

12月7日，印度驻华大使潘尼迦突然向中国外交部转交了一份由13个国家联合倡议的备忘录。该倡议提出，作战双方先在三八线停火，然后谈判和平解决朝鲜问题。

新中国在联合国的严正控诉，表达了中国人民保卫国家主权和领土完整，解放自己的领土台湾的决心；表达了中国人民坚决反对美国侵略政策的坚强意志；也表达了亚洲人民反抗帝国主义侵略，争取民族独立和民族解放的正义要求。

代表团的成员在这次联合国之行中，积累了丰富的外交经验，他们后来成为中国外交界的精英，像和平天使一样散播着中国人民的友谊。

伍修权在成功湖的突出表现得到毛泽东的高度赞扬。不久，他被升任外交部副部长。

伍修权在联合国上的威严陈词，为他赢得了声誉，也为新中国赢得了巨大的声誉。

中国代表团在联合国讲坛上当面痛斥了美帝国主义者的侵略罪行，并阐明了中国政府的立场和政策，在国际上产生了巨大的反响，为新中国恢复在联合国的席位，起到了巨大的推动作用。

1971年10月，联合国恢复中华人民共和国的正式席位，接着尼克松总统访华，中美签订上海公报。

1979 年中美正式建交，中美关系史揭开了新的篇章。杜勒斯的反动政策和超级大国独霸世界的图谋，一去不复返了。

本书主要参考资料

《国史全鉴》本书编委会编 团结出版社

《共和国五十年珍贵档案》中央档案馆编 中国档案
　　出版社

《中国现代史资料选辑》彭明主编 中国人民大学出
　　版社

《中国政治》詹姆斯·R·汤森等著 江苏人民出
　　版社

《中国现代名人演说精粹》洪安南主编 百花洲文艺
　　出版社

《周恩来书信选集》中央文献出版社

《周恩来外交学》裴默农著 中共中央党校出版社

《周恩来的智慧》曹应旺编 中共中央党校出版社

《外交案例》吴建民著 中国人民大学出版社

《周恩来选集》周恩来著 人民出版社

《伍修权回忆录》伍修权著 中共中央党校出版社

《中国与联合国》王杏芳主编 世界知识出版社

《周恩来外交学》裴默农著 中共中央党校出版社

《中外学者论周恩来》刘焱 南开大学出版社

《中华人民共和国外交史》裴坚章主编 世界知识出
　　版社

《延安时期毛泽东的经济思想》董志凯编 陕西人民
　　教育出版社

《建国以来刘少奇文稿》刘少奇著 中央文献出版社

《改变中国的100件大事》张春林等主编 中国经济
　　出版社

《战后美国外交史》资中筠著 世界知识出版社

《冷战史》刘金质著 世界知识出版社